U0930688

分 室 而 居

Chambre à part

[法]玛丽斯·沃林斯基 著 刘和平 译

北京联合出版公司
Beijing United Publishing Co.,Ltd.

图书在版编目（CIP）数据

分室而居 / (法) 玛丽斯·沃林斯基著 ; 刘和平译.
北京 : 北京联合出版公司, 2025. 7. -- ISBN 978-7
-5596-8413-4

Ⅰ. C913.13-49

中国国家版本馆CIP数据核字第2025SM6083号

北京市版权局著作权合同登记　图字：01-2025-1909号

分室而居

作　　者 :（法）玛丽斯 · 沃林斯基
译　　者 : 刘和平
出 品 人 : 赵红仕
选题策划 : 先后出版
产品经理 : 朱　笛
责任编辑 : 孙志文
特约编辑 : 李慧佳
装帧设计 : 艾　藤

北京联合出版公司出版
（北京市西城区德外大街83号楼9层　100088）
三河市嘉科万达彩色印刷有限公司印刷　　新华书店经销
字数 80千字　　880毫米 × 1230毫米　　1/32　　6.25印张
2025年7月第1版　　2025年7月第1次印刷
ISBN 978-7-5596-8413-4
定价：52.00元

我是一个
只说真话的谎言家。

_ 让·科克托 _

目录

译者序

活的
就是那一点
精华

玛丽斯·沃林斯基，记者、作家，1943年出生于阿尔及尔，2021年在巴黎去世，享年78岁。

她的青春岁月在新闻专业的殿堂里转徙，后来在《西南报》以文字捕捉社会的脉动。她的作品也曾发表在《世界报》等刊物上，以自由撰稿人的身份讲述时代的故事。在法国20世纪70年代的性解放浪潮中，她发出响亮的声音，号召女性反对家暴，争取生育自主权，并倡导立法保障。

《分室而居》的故事里隐匿着“他”——漫画家乔治·大卫·沃林斯基——的生命轨迹。他于1934年出生在法属突尼斯的一个犹太家庭，在他2岁时，父亲惨遭杀害。二战后不久，一家人迁往法国。在巴黎的建筑学院里，沃林斯基寻找着生命的另一种可能，最终转而投身于漫画创作。他在《查理周刊》挥洒自如，直至2015年1月7日，一场恐怖袭击将他与同仁一同带走，留下世界对言论自由的深刻反思。

《分室而居》首次出版于2002年，以一段跨越三十年的爱情故事为纬，织出了一幅风雨交织的情感图景。

故事从主人公得知丈夫心脏病发作的紧急时刻开始，到两人在初恋的海滩重拾往昔的甜蜜而结束。小说以倒叙、插叙的手法，描绘了主人公对爱情的探索，从对性的好奇到追求自由的天真。

她的爱人——一位知名漫画家，以纵欲、嫉妒、挑衅作为绘画的灵感，她在情感的旋涡中被视为欲望发泄的出口，也曾或主动或被动地当着丈夫的面与他人寻欢……最终，他们共同构建了一个五口之家。然而，家庭的重负、多重角色的扮演和丈夫在思想上的背道而驰，尤其是每周二的逆德之夜，让她对爱情产生了麻木和厌恶。她的经历，加上身边女性朋友的遭遇和被采访女性的呐喊，唤醒了她的女性主义意识，她开始投身于女权运动，声讨职场上对女性就业的歧视，关注家庭暴力问题。

在三十年婚姻生活的重压下，他们失去了相恋时的激情，于是尝试“分室而居”，以期为爱情注入新的激情与活力。就在这一计划实施之际，丈夫突发心脏病，而她因“分居”不在场，内疚和悔恨让她心如刀绞……

在叙述主人公和其他女性角色的情感变化时，作者用词拿捏到位：引诱、诱惑、羡慕、崇拜、情欲、爱欲、交欢、激情、爱情；小姑娘、女人、女伴、妻子……这些词语构成了一幅幅模糊而又充满激情的画面。

作者采用短句和报道风格相交错的叙事方式，让读者能快速跟踪事态的发展。小说运用漫画手法描绘的故事情节，让读者切身感受到法国“五月风暴”和性解放运动的风起云涌，同时也会对法国独有的浪漫“情味”产生兴致。

从萨特的存在主义到加缪的荒诞论，《分室而居》继续探讨存在和生活的意义。作者在大海边发出感叹：“夫妻间最有力的武器，莫过于共同拥有笑对人生的勇气和力量。”德国哲学家马丁·海德格尔曾言：“‘诗意地栖居’是人类存在的一种基本形式。”中国第一位研究性的女社会学家李银河也做出同样的回应，令人深思。

人生本无意义，活的就是那一点精华。存在和生活的意义不仅是文学作品永恒的主题，也是每个人要用一生回答的问题。

刘和平　2024年春

你的秘密如同血液，
泄露它，
你就会死亡。

北非柏柏尔谚语

三十年
婚姻过去，

炽热如初

医院的走廊显得格外幽长，格外狭窄，格外阴暗。昨晚，当我离开他的房间，与他吻别的那一刻，我感受到难以承受的孤独感侵袭而来，似乎一片无边无际的沙漠将我们隔绝。暂时的惜别让我痛悔无穷。今早我离开家后，他突发疾病，趁着意识还清醒，他给一位医生朋友打了电话，这位医生将他紧急送往了医院。

我站在他卧室的门口，呆若木鸡。脑海中不断闪现着前一天的场景：他表情痛苦、脸色蜡黄、双唇煞白，像戴着一张让我难以辨认年龄的面具。

我们经常在埃莱娜和威廉的公寓里聚会，畅谈友谊，忘却过去，不思未来。那天还是在他们的公寓里，大家一起共用晚餐。我们俩面对面坐着，我还记得他越过摆满残羹剩饭的桌子吻了我。我们沉醉于醇厚的美酒、无尽的欢笑和深情的友谊之中。埃莱娜为大家准备了香槟和白兰地，一排黄色、绿色、琥珀色的酒瓶摆放在旁，散发出醉人的香韵。一瓶又一瓶，这已经是埃莱娜打开的第四瓶香槟了。与此同时，威廉在邀请客人挑选事先精心准备的顶级雪茄。他呢，则点燃了当晚的第三支。

他看上去旁若无人，轻轻捧起我的脸，将我的嘴唇紧紧地贴在他的双唇上。快三十年了，我们总会通过肌肤接触来表达爱意。朋友对我们的卿卿我我早已习以为常，或许他们也会对此心生羡慕。

我们接吻之后，他就再也没有放下过手中的酒杯。

“我很喜欢你吻我时的雪茄味。”我在他耳边轻声细语。

这几天，他看上去异常疲惫，不断地抱怨某种莫名的疼痛，但我却没有放在心上。

当下的欢乐时刻，丰富而充盈，仿佛让我们超越了时空的限制。我走到屋前的庭院花园，八月末的清新空气令人心旷神怡，我沉醉其中。突然，他那粗犷的嗓音盖过了屋中的喧闹。我走近玻璃墙，一墙之隔的另一边便是餐桌。他转过身，指间的雪茄缭绕着细细的烟雾。他将雪茄送到嘴边，深深地吸了一口，烟头炽热的光照亮了他的脸颊。瞬间，我怔住了——他的脸竟然扭曲变形，呈现出一种不祥的暗绿色。一股不安之感猛然袭来，我立刻冲进了屋里。

正当我准备靠近他时，老朋友马克斯·亨利的目光拦住了我的步伐。我始终不解，那些引诱他人的小心思为何总会在最不经意的时刻袭来，难道是我所乐道的“错综复杂的男欢女乐之事”在作祟吗？又或许，我不自觉地进入了一场游戏，无意中扮演起诱惑者的角色，想在炙热如火的欲望驱动下，巧妙地运用自己的聪明才智，以激起他的嫉妒？回想以前，当我还不满十岁时，从发现一个男人正色眯眯地盯着我的那一刻起，我可能就以某种无意识的方式扮演起了诱惑者的角色。

引诱，真的就像一场游戏。我随意地坐在马克斯·亨利座椅的扶手上，他开始无休止地喃喃低语，而我只是假装在听。实际上，我的心绪早已飘走，眼睛紧紧地追随着那个声称一直爱着我的男人，三十年来，他始终热衷于写作和绘画。他的眼里写满醉意，面颊被雪茄的烟雾所笼罩，变得越来越模糊。当他察觉到我的目光时，嘴角露出了一丝微笑。他将未抽完的高希霸雪茄[1]熄灭在烟灰缸中，朝我走过来。

“我想回家了。”他在我耳边轻声说道。

我伸手抚摸他的脸，感觉他的皮肤湿漉漉的，满脸汗珠。

“你感觉哪儿不舒服吗？”埃莱娜急忙走到他身边，关切地问。

他没有说话，只是轻轻地吻了她一下。他那痛苦的表情引起了在场每个人的关心，大家纷纷围了上来。马克斯·亨利张开双臂紧紧地拥抱了我们，威廉陪我们走到门口。汽车停在几米外。他摇摇晃晃、踉踉跄跄地挪动步子，几乎是跌进了车内。

在驶往我家街区的路上，他恳求我加速，因为他已经痛得难以忍受。从公寓大堂到三楼的家，每一级楼梯都仿佛成了一座难以逾越的高山。我们就像在茫茫大海中挣扎的两个落难者，相互搀扶着，一阶一阶，艰难地攀爬。我感到一种无法言表的共鸣，他的痛苦仿佛传递到了我身上。到家后，他迅速吞下一小把阿司匹林，我不清楚他这样做的具体原因，只知道

1　古巴著名雪茄品牌，被誉为“古巴雪茄之王”。——编者注

阿司匹林似乎有稀释血液的作用，以便血液能更顺畅地流动，而我自己则吞下了两片扑热息痛。

他缓慢地脱去衣服，我注意到他的每个动作都做得异常艰难。当下，我的思绪被两种截然不同的想法所占据。第一个想法源自我曾经半开玩笑地对他说的一句话——我很少无缘无故地开玩笑。他向我解释过："变老，任由岁月在身上留痕，可能会带来一种独特的、前所未有的快感。你知道的，这本身就是一场奇妙的盛宴。"我当时毫不犹豫地反驳道："我不允许你变老，变老是别人的事，与你无关。"

那时的记忆如今变成悔恨折磨着我。如果不是被这样的念头所困扰，我或许会立刻想到另一个更为紧迫的举动——打电话叫救护车。

叫救护车——理智告诉我，这是我应该做的，也是我必须做的，但在紧急关头，我竟然想不起急救站的电话号码了。我要做的事其实很简单——打给查号台、警察局或消防队，除了我，他们都知道急救号码。

我在电话机旁来回踱步，内心充满了焦虑，却迟迟没有采取行动。我无法拨出那个电话，因为那意味着我必须承认一个实在不愿接受的事实——他也会像其他人一样生病，他并不是不可摧毁的。不，我无法想象！在我心中，他是永远不会生病的。

“睡吧！我们明天再说。”他的声音低沉，透着疲惫。

最后一眼，唇边的轻吻。他安慰我，让我不要担心，然后关上了卧室的门。

每当我听到那沉重的关门声，心中都充满了悔恨。我经常回想起几年前的那个晚上，在孩子们搬出去之后，我提出了“分室而居”的想法。关于这个问题我们已经讨论了一段时间，但仅仅停在讨论。生活环境发生了变化，我们认为需要制定新的规则以适应这种变化，保持彼此之间的吸引力。我们设计了各种方案，提出许多假设，也试图引入新鲜元素，找些不同寻常的理由，以改变我们原有的生活习惯。

最终，我们决定试一试，看看在没有对方陪伴的情况下我们能否独自过夜。这个想法似乎对我们两个都很有吸引力。

我们考虑的是另一种肉体上的探索，以激发一种更加灵动、强烈、奇妙的欲望。长期同床共枕，性事变得像家常便饭一样平淡无味。于是，我们开始了一种新的情侣生活，两人的日常被重新安排，一切都变得不可预测，充满新鲜感。但有时，我并不想离开他。我会站在那里，凝视着紧闭的卧室门，不舍离去。实际上，我完全可以推开门，但我没有那么做，因为那会违背我们之间的约定。

然而，今晚，当他因疾病而痛苦不堪时，我却逃回了自己的房间。我感觉筋疲力尽，选择了上床睡觉。

我逃离了。

早上醒来时，我心里还在想，他今天应该感觉好些了。

我正走在街上，手机铃声突然响起，我吓了一跳。电话那头传来了医生朋友熟悉的声音，他说得急促而含糊，但我清楚地听到了那两个令我极其害怕的词——“住院”和“心脏病发作”。我的父亲就是因为心脏病去世的。

我接到电话的第一反应是立刻叫了一辆出租车直奔医院，并给另一位医生朋友帕特里夏打了电话。她听到消息后也觉得难以置信，在电话的另一头不断安慰我。她逐一重复着他的不适症状：容易疲倦、我一直抱怨的白天嗜睡、体重增加，税收带来的压力、母亲去世引发的悲伤恐惧、感受到衰老的加速等。挂断电话时，我心里跟明镜似的，这些迹象我都有察觉，只是我没重视，没有真正放在心上。这一切带给我我们初次见面时的感觉，我觉得自己是一个无辜的罪人。

医院的候诊室格外灰暗，四周空空荡荡。

我的思绪混乱如麻，脑子仿佛也被掏空了。昏沉沉的天色使得窗子也丧失了光泽。医生突然出现在我面前，但我几乎看不清他的身影，只能隐隐约约听到他的声音，就像一个未调准频率的收音机，声音嘈杂而模糊。我感觉自己被困在一个大泡沫球里，医生的话语沉闷地穿过我的耳膜。他在说什么？我竭尽全力，集中精神去听。他提到了手术——明天要进行手术，外科医生的名字后面带着教授的头衔——但还不能确定具体会进行哪种手术。可能是搭桥手术，但是要搭一个还是多个？或者只是一个简单的血管成形手术？一切都要等到检查结果出来后才能确定。

“跟大多数来这里的病人一样，您丈夫的发病也是行为过度导致的：喝酒过度、进食过量、抽烟过多。‘过度’会让身体产生反应，最终导致您现在所看到的情况。我们目前还无法确定术中和术后可能出现的具体问题。”

医生说完，我紧紧地盯着前面，他以为我在注视他，等待我的提问。我确实想问问题，但喉咙却像被塞满了棉花一样。我哽咽着，泪水却流不出来。他继续说：“总之，如果他继续酗酒、过度吸烟和暴饮暴食，他的情况将会和其他病人一样，因为他们的问题完全相同。”

他的最后一句话让我震惊不已，我仿佛瞬间被雷电击中。我突然开始怨恨起这位医生。他没有再说其他，转身离开了。

急救中心的医生刚刚送来一位新病人，走廊里立刻变得喧闹起来。我看到一个人躺在带轮子的担架上，一动不动，戴着氧气面罩，面色苍白得像蜡。这让我想起了昨晚，我们从埃莱娜和威廉家回来的路上，我注意到他的脸色也是这样。

在漫长的黑夜中，我辗转反侧，没有一丝困意。岁月如梭，往昔历历在目。三十年的夫妻生活，我们一起经历了追梦、失败和成功。母亲曾引用圣-埃克苏佩里的话教导我："爱就是一起凝望同一个方向。"然而，我们的目光似乎总是朝着相反的方向。我们将自己的身体和灵魂交给了对方，尽管他坚称自己没有灵魂。这与缪塞[1]的观点大相径庭——他认为爱就是身心相与，或更进一步说，是把两个人合为一体。我们始终是两个不同的个体，只是彼此互补。事情的奥秘在于，我心中总是想着"永远"，而现实却是如此变幻莫测，就在此刻，就在这一秒，不确定性已经悄然而至，并且用未来作为赌注。

泪水顺着我的脸颊不停地滚落。心中的思绪太过沉重，我无法继续想下去。我变得迫不及待，想立刻

1　法国作家，19 世纪浪漫主义诗人、剧作家、小说家，他的作品经常探讨爱情、激情和人性。——译者注

忘却那些悲惨的时光，期待着明天快点到来。但我又多么希望时间能停滞下来，不让它把今天带走。

跟随他，

步入
新世界

很长时间以来，生活的重压几乎让我窒息，烦恼如影随形，接连不断，而且似乎望不到尽头。

存在究竟意味着什么？抑郁如同追着主人的狗，死死地追着我不放。我沉沦在深深的郁闷之中。随着时间的流逝，我竟然开始习惯这种空虚，它在我心中生根发芽，继而变成了一种奇怪的兴奋源泉。我坚信，总有一天，这种空虚的状态会孕育出真正的、充实的生活。我一直在心中培育着这个甜蜜的幻想。

那一天，一个年近三十但充满活力的男人向我表白——在一个二十出头的女孩眼中，他几乎算得上是个“老头”。就在那个具有历史意义的日子的次日，我在报纸上看到了他的照片。我简直不敢相信自己的眼睛，于是又反复阅读了那篇关于他的文章，前后不下十遍。文章作者描述这位漫画家很“暴躁”，说他的幽默“野性十足”，并“带有攻击性”，文章还提到，几天后，根据他取材于1968年5月[1]发生的一系列事件创作的，曾在报纸上发表过的漫画所改编的话

1　1968 年 5 月，法国受欧洲各国经济增长缓慢影响，导致一系列社会问题，爆发了一场学生罢课、工人罢工的群众运动，被称为“五月风暴”。——编者注

剧将会上演，很可能成为一部“反文学但超酷”的剧目。我虽然看不懂那些滑稽的辞藻，但我内心深处已经确信，他是一个才华横溢的人。

他说他喜欢我。

一个男人的喜欢，究竟意味着什么？

这是我生活中一个新的转折。

得知这一消息后，帕特里夏迅速给我寄来了一份剪报。比利时作家于贝尔·朱安在剪报中对这位漫画家的描述颇为“逼真”：“他面容憔悴，头顶光秃，体弱多病，行为古怪，滑稽至极，难以置信！”而且，文章还反复强调了那句扎心的评论：“行为古怪，滑稽至极……”帕特里夏在信中写道：“请你原谅，尽管你说自己没有幽默感，但你至少看过他的漫画对吧？他最喜欢描绘的就是女性。他是个无政府主义的煽动者。我的建议是：谨慎！再谨慎！”

我没有回复她。

现在我只清楚一件事：一个有名望、备受赞誉和诋毁、擅长绘制漫画和剧本创作的人，竟然对我表达了爱慕之情。他不仅是一位作家、漫画家，还是一位幽默大师。然而，“幽默”这个词却让我感到不安。帕特里夏称他为“无政府主义煽动者”，但这又有何妨？说实话，我甚至不明白“无政府主义煽动者”到底是什么意思，我的孤陋寡闻表现在许多方面。但是，我对“存在”这个概念却充满了浓厚的兴趣。

我第一次遇见他是在报社编辑部的一次会议上，那时我刚被录用，还是实习生。外面传来敲门声，随即他走了进来，腋下夹着画夹，牵着两个戴着奇怪橄榄帽的小女孩。他先向编辑展示了他的作品——那幅画就登在头版，随后转身向跟他打招呼的同事们问候，大家都爽朗地笑了起来。两个女孩绕着桌子转了一圈，与每个人亲切地拥抱亲吻，然后他们便离开了会议室。会议继续进行，而我也将这一幕抛诸脑后。

难道是因为他的两个女儿我才会对他有所留意？我向来对孩子不甚关注。在我的记忆里，我似乎从未体验过真正的童年。我少年时几乎没有朋友，总是把自己关在房间里，任思绪飞扬，时而凝望着窗外飘浮的白云，陷入沉思。

他再次出现了。那天我正在查阅报刊档案，我记得自己穿着一件粉红色连衣裙，上面配着白色的克劳迪领，仿佛出自英国设计师玛丽·昆特[1]之手的那种迷你裙，不禁让人遐想白色吊带袜的上端。我当时正趴在查档案专用的写字台上，专心致志地查阅资料，当他从我身旁经过时，我抬起头，捕捉到“狩猎者”眼中的一丝光。是轻蔑还是好奇？我凝视着他，直到他绕过我，向主编办公室走去。我尝试重新回到工作中，却突然被一种奇异的感觉击中，它电流般穿过我的全身，让我感到一种前所未有的炽热和欲望，血液似乎在这一刻开始沸腾，奔涌至我的大脑。

两天后，主编将我召至他的办公室。他粗犷的外表下掩藏着一股傻气，但他手中握有两张王牌：他是一位著名作家的侄子，且英俊得令人惊叹，有着克拉克·盖博[2]般的魅力。我一进门，他面对我而坐，一副

1 英国时装设计师，迷你裙创始人，她的设计和理念改变了英国乃至全世界的时尚风向，为年轻女性提供了新的选择。——编者注

2 德裔美国男演员、制片人，饰演过《飘》中的白瑞德。曾当选“好莱坞十大最卖座的电影演员”之一。——译者注

风流倜傥的样子。

走进主编办公室，我心中忐忑不安，如同风中摇曳的树叶，担心他对我刚完成的文章不满意。然而，我的担忧明显多余。他表面上漫不经心，却在我靠近他时假装不经意地碰了碰我的大腿。很显然，他叫我来并非要谈正事，也无意对文章进行批评。他似乎有其他心思，难道是想重提两周前邀请我共进晚餐的事？果不其然，他再次发出邀请，并翻开记事本挑选日期，确保我无法拒绝。尽管我知道应该说不，但最终还是答应了他。接着他问了我许多，又仿佛什么都没问，只是为了寒暄而寒暄。正当我准备告辞时，他突然抓住我的手。

“你知道吗，我们的大漫画家对你情有独钟，他真的非常喜欢你。但我必须提醒你，是我最先注意你的，是我最先对你动心的，明白吗？”

那晚，我匆匆忙忙地离开报社，钻进地铁。我没有坐回父母家的那趟车，而是选择了反方向的线路。

当时的我一贫如洗，二十多岁的年纪，想成为洛丽塔那样的人为时已晚，因为我并不擅长什么撩人的技巧。所剩无几的是一股诱惑他人的冲动和力量，它带给我短暂的快感，证明我依然活着。刚刚燃起的那一抹希望之光，让我的生活重新焕发光彩，甚至一度固守的“死亡念头”也被我抛到了脑后，烟消云散。

既然总要死亡，为什么还活着？

我的结论极为简单：人生苦短，生活本无意义。

生活开始有了波澜，困惑与乐趣纷至沓来。

编辑部的同事们几乎每周都会组织一次聚餐。一个周六的中午，那位漫画家也加入其中。他邀请我坐在他身旁，我同意了。他微笑着，眼中流露出一丝得意。一位同事戏谑他的单身状态，称他为“幸福的鳏夫”——他的妻子在一场车祸中遇难——并迅速列举了媒体上提到的一连串与他有染的女人的名字。这份名单引发了一阵哄笑。然而在我眼中，这反而给他的魅力加了分。在回报社的路上，我们一起搭乘出租车，他在车上吻了我，这吻带给了我幸福的预感。车停下后我下了车，而他留在了车里。我没有回头，径直朝前走。他叫我的名字，我佯装没听见。他再次呼唤，我依旧没理睬。

“下周三我在家里等你。八点可以吗？我们一起共进晚餐。”

我挥挥手表示“好”。我欣喜若狂。

随着截稿日的临近，办公室里弥漫的压力剧增。主编刻意避开我，他对漫画家午餐时的举动感到极度不悦。约定的时间到来，我将稿件交给他。他接过稿件，装模作样地审视着，嘴角不时抽动，继而面露愤怒，气急败坏地将稿件摔在地上。

那晚，我和那位我称作“未婚夫”的男人有约，我们计划一同度过周末。这个可怜的男孩在路上絮絮叨叨，我却根本没听他说什么。出租车上的那一幕始终萦绕在我的心头，我感觉那位明星漫画家的舌头仿佛还在我的口中游动，我的脸颊似乎仍然沉浸在他双手的抚摸之中。汽车驶向一座城堡旅馆。我觉得时间流逝得异常缓慢，心烦意乱，便催促他快点回家。就这样，次日清晨，我们便匆匆返程了。

星期日下午五点，我体内的欲望如同炽热的火焰开始燃烧。我躺在床上，感受到欲望的膨胀，小腹硬邦邦的。我想要他。他眼下在做什么？绘画？陪伴女儿？他会外出吗？或者……

几乎不经任何思考，我突然抓起了电话。这个男人在我心中激起一种莫名的冲动和鲁莽，我对自己的主动感到诧异。我拨通了电话。他在家里，正在工作，他告诉我这通电话并没有打扰到他。恰恰相反，他反问我在我们分开后都做了些什么。

“我一直在等你。”

我竟然说出了这种话，没有等待他的回应，我继续说：

“我不想再消磨时间了，我现在就想见你。星期三对我来说太遥远了。”

电话另一头再次沉默。他在犹豫，或许是在思考。

“你真会诱惑人，我的金发小姑娘。”他的声音在我耳边回响。

我们挂断了电话，约定第二天就见面。

为了鼓起孤注一掷的勇气，我试图自欺欺人地说服自己这是坠入了爱河。但实际上，这并非爱情，而是欲望的驱动。不是我的心，而是我的身体，沉沦于欲望的旋涡中。我向来铁石心肠，母亲也曾经反复评价我，说我是无法真正去爱别人的女人。

欲望，跟爱情一样，无须过多斟酌，也不必定义。它会突然袭来，让你措手不及。我开始相信，欲望与爱情是相互依存的，它们之间的界限也是模糊不清的。

我与漫画家的奇妙邂逅就这样开始。

他是一位艺术家，深陷于1968年“五月风暴”的旋涡之中。在那段轰轰烈烈的罢工浪潮中，他身处其境，为当时风靡的刊物《狂人报》绘制漫画，描绘革命学生对抗头戴钢盔的警察和政客的历历场景。他的笔触简洁有力，寥寥几笔便能勾勒出生动的形象。这些画稿很快被涂黑，并配上了一些耸人听闻的文字。

从那一刻起，为了能在他女儿隔壁的房间里与他共度上半夜，我开始穿梭于巴黎两端。有时候，孩子们的哭泣声或笑声透过墙壁传来，不时触动我的心弦。在动身前往他家之前，我会在梳妆镜前花上数小时，竭力让自己变得像报纸上的那些女性，像那些在他丧妻后给予他欢乐的女人。我一丝不苟地画眼影，精心地贴上假睫毛，涂抹鲜艳的唇膏，还用吹风机将染成金色的卷发吹得蓬松。一切准备就绪后，我便坐回通常用来写作的桌前，搜肠刮肚，寻找那些可能对我有利的话题。我花了大量时间，准备了很多大概永远都没机会说出口的话。

他的一切都令人羡慕：才华卓越、幽默感十足、胆识非凡。他的魅力令人无法抗拒，他是那种充满文化气息、聪明机敏的人。而我，常常觉得自己十分渺小、毫无价值。这种情况下，我只能凭借自己的身体来弥补不足，利用我还算年轻的优势——皮肤细腻、身材丰满、富有活力，我知道这些都是他所欣赏的。谈及床上经验，我几乎是个小白，我们俩第一次做爱就让我大开眼界，我不禁将他视为此行中的佼佼者。

一天晚上，我们在利普饭店与一位出版商共进晚餐。他刚刚出版了一本《速描手册》。我随手翻阅了一下，发现内容荒诞不经，这让我立刻想起了曾在拉赫谢特剧院观看的尤涅斯库的戏剧《秃头歌女》[1]。这就是幽默的本质：荒诞的艺术。

自从他明确告诉我他并不讨厌我以后，我就开始不断地寻找幽默的定义。然而，词典中的解释并不明了。我翻到一本学生时代的老拉鲁斯词典，希望能找到“幽默”的定义，但读后反而更加困惑，感觉自己陷入了浓浓的迷雾：“幽默是藏于严肃外衣之下的快乐，它充满了讽刺和惊愕。”那位幽默的漫画家，他的双眼充满了讽刺，他的思想隐藏在深邃的黑眸之中，透露出一种狡猾的智慧。

在一个难忘的星期六的午餐时光，我请求他为自己的工作下一个定义。他的回答简单而直接：嘲弄一切。嘲弄，这个词具有挖苦、讽刺和蔑视的意味。很多时候，嘲弄本身就是一种蔑视。有时，我在想，我既不精通挖苦的艺术，更不懂得讽刺的技巧，我究竟是怎么把自己置身于这样一个糟糕境地的。但有一点我心知肚明，如果我能够对报社主编的无礼挑衅做出强有力的回击，也许我就不会感到如此不安了。不管

1 剧作家尤涅斯库于1950年创作的戏剧史上第一部“荒诞派”作品。——译者注

怎么说，我的注意力已经转移，我已经将那位主编丢到九霄云外了。

我很矛盾，那些庸俗而愚蠢的资产阶级既诱惑着我，但又是他和他那位出版商朋友所鄙视的对象。在这种情况下，我对“庸俗”这一概念有了新的理解。一种全新的思维方式和社会教育正向我敞开大门。我渴望学习的知识并不蕴藏在日常生活的琐事之中，需要学习的东西太多了，使我应接不暇，压力之大令我难以承受。

我们到达餐厅时，那位出版商已经在靠近收款台的桌子旁就座，收款台后面坐着一位梳着发髻的女士。出版商身材魁梧，看上去颇有年纪，一头棕发，还留着一撇滑稽的小胡子，眼中透露出狡黠的目光。他告诉我，晚餐共有四个人，还有一位名叫雷吉娜的女士正在路上，很快会到。随即，谈话的焦点转向了雷吉娜，她参与的活动、出版的有争议的书籍成了讨论的主题。出版商列举了许多书名，其中有些我闻所未闻。记得他提到了路易·阿拉贡[1]的一本书，名为

1　法国诗人、小说家，超现实主义运动代表人物。——译者注

《伊雷娜的秘密》，虽然我知道《艾尔莎的眼睛》，但《伊雷娜的秘密》却是我所不知的。我自惭形秽，于是紧闭嘴巴，甚至觉得这张嘴可能永远都不会再张开。我环顾四周，其他食客看上去都很欢愉。在等待的时间里，两位男士边喝酒边聊天，时间悄然流逝，最后他们决定不再等待，开始上菜。大约一小时后，那位声名显赫的雷吉娜终于姗姗出场。

雷吉娜的美令人着迷，她那红棕色的头发格外引人注目。她身穿一件黑色连衣裙，腰间束着一条鲜红色的宽腰带，与唇膏的颜色相得益彰，这种妆容让她更加娇艳欲滴。她解释说，她刚与她的银行家喝了一杯。随即，三人开始打趣调侃，讲她是如何巧妙地“操纵”银行家的，甚至将他迷得神魂颠倒。而我，正狼吞虎咽地享用着奶香四溢的千层糕。之后，他们的话题又转到了我从未涉猎的领域——色情与幽默。雷吉娜在椅子上摇晃身体，絮絮叨叨，轻薄的连衣裙下，她的胸部随着身体的扭动而轻轻晃动。我那天穿了件深蓝色的紧身长大衣，天鹅绒高领一直延伸至脖颈。我进入餐厅后没有脱下它，此时便感到燥热难耐，脸颊也开始泛红。我还注意到，出版商的这位女伴穿着一双黑色高筒皮靴，与我在《ELLE》杂志上看到的那一款别无两样，我当时并不太喜欢，但现在穿在她的脚上，却显得如此诱人和时尚。她谈论着自己写的一篇文章，还表示她并不甘心仅仅局限于出版领域。

那个夜晚，雷吉娜仿佛化身为女神，成为全场的焦点。

还有一次是去他朋友家，那是他第一次邀请我陪他参加“巴黎式”晚宴。我穿的还是那件外套，因为我的衣橱里只有那一件大衣。出租车将我们送到瓦雷纳大街，随后我们步行前往罗丹博物馆。我之前从未踏足过那家博物馆，对艺术的了解也几乎为零。但或许，我的尴尬之处并不仅仅存在于艺术领域。

“这件大衣的情调有点小资，你不觉得吗？”就在我们迈过博物馆门槛的时候他突然说道。

我低下了头，脸上泛起羞红。

在他做出“小资”的评价之前，我从未这样看待过我的大衣。几个月前买它的时候，我只是觉得它设计雅致，穿上身也温暖舒适。但问题在于，雅致并不一定等同于时尚。优雅可能并不重要，关键是要入流。他的话让我突然觉得，这件长大衣在别人眼中可能显得滑稽可笑。那天鹅绒的领子，让我看上去像个寄宿学校的学生。我怎么会选这样一件大衣呢?

他身着一件黄色风衣，搭配一件白衬衫和粉色领带，外披一件黑色天鹅绒外套。这一身搭配无疑是帅气十足的。我不敢再去看他。

想到自己的装扮可能让人联想到女学生，我开始害怕踏入他朋友的家门。那天晚上邀请我们的是一位出版商及其夫人。女主人金色的头发经过打理后柔润飘洒，她那双蓝色的眼睛像变幻的云朵，说话时音色清脆高亢，充满活力。就在前一天，我们在博物馆附近曾与她偶遇，她只是温柔地亲吻了我的男伴，对他身边的我却视而不见。

“找个时间带你去购物，你愿意吗? ”他一边按响门铃，一边向我发出邀请。

我心中涌起一个念头：他会不会仅仅因为我穿着

一件像学生式的大衣而抛弃我？如果是这样，那真是太糟糕了。

门开了，一位身着条纹工装的年轻女子迎了上来，接过我急匆匆脱下的大衣和他的风衣。我们步入客厅，大客厅的窗户正对着博物馆，二十双眼睛瞬间同步移向我们。随后他们的目光集中在我身上，我却不知道该将视线投向何处——所有人都注视着我。在场的男男女女都是知名人士，有些我只在杂志上见过。其中几位年长的女性看上去也相貌出众，举止得体，彬彬有礼。我感到自己的脸颊一下子失去了血色，我努力克制着内心的恐慌，最终成功地将目光锁定在一位女宾手中即将举至嘴边的香槟酒杯上。随着她的动作，我的视线不经意间与另一位女士的目光相遇，她那双黑色的眼睛很深邃，脸上挂着微笑，但也夹杂着一丝冷漠。她的眼神让我想起了报社的一位女报人，我尤其害怕那种记者式的审视，那种目光令我不寒而栗。从进入记者职业生涯开始，我就非常敬佩那位女报人的才华。她不仅是第一位领导一家报社的女性，而且确实魅力无穷。我紧张极了，在她面前，我感觉无地自容。

在餐前漫长的开胃酒环节，我就觉得自己无法参与到周围的对话中。托盘上摆满了各式各样精致的小点心，我却连碰都不敢碰一下。除了别人可能的嫌弃，我还在害怕什么呢？这正是我困惑的地方。如果我想吸引他，就必须先赢得他那些朋友的好感。

客人们陆续入座，晚宴即将开始。我发现自己被夹在一位报社社长和一位出版社文学总监之间。这位总监不仅是一位著名作家，还具有极强的个人魅力：他身材修长，相貌出众，身着一套威尔士亲王款式的西装，一双蓝眼睛充满诗意，发型更是无懈可击。他的新小说在秋季获得了大奖，并即将被改编成电影。我心中忐忑不安，我真的有勇气和他讨论类似的话题吗？对面坐着的是一位女作家，一头棕发，言辞犀利，每句话都透着机智和风趣。我读过她的最新作品，故事情节让人心潮澎湃，但我却不敢直视她。她的目光不时落在我身上。汤还未端上桌，她突然高声说道：

“你们不觉得她的眼睛很美吗？”

“没错！”我旁边的人迅速附和。

“当然漂亮！”晚宴的主人也加入赞美的行列。

我甚至听到远处有人低声说道：“很可爱。”

我感到一阵窘迫，恨不得把头深深地埋进汤盘里，让汤汁将我淹没。那位女作家怎么会注意到我的眼睛呢？我一直没有说话，只是轻轻动了动嘴角，勉强露出一丝微笑。随后，大家的谈话又回到了巴黎的生活上，菜肴陆续被端上桌，不同的声音交织在一起，喧闹声逐渐增大。终于，他们似乎忘记了我。

我不知道这场晚宴还要持续多久，它就像一场没有尽头的马拉松，而我却在其中取得了一项独特的成就：整个晚上未说一句话。我只是用点头或摇头来回答别人提出的问题。毫无疑问，我旁边的人都觉得这很有意思。

他呢？我不确定他是否也有相同的感受。虽然他并不是那种特别健谈的人，但我确实听到了他在晚宴上与人交谈。晚餐接近尾声时，他走过来，轻轻地搂住了我的肩膀。这个温柔的动作给了我一线希望，也让我感到了一丝自信。

在告别他的朋友们时，我热情地向主人表达了感谢。我发现自己的语言能力似乎又回来了，我为能再次开口说话而暗自窃喜。

“希望我们能很快再见！”女主人用她清亮的声音说道，目光紧紧地锁定在他身上，而不是我。

当我们走到外面，只剩下我们两个人时，他用比平时更加温柔的方式亲吻了我。

“我希望你能来看我的话剧首演。”他说。

我结结巴巴地回答了些什么，但他没听清楚。

“我真的希望你能来，你知道的。”他再次强调，“你的到来会让我非常高兴，我想把你介绍给我的朋友们。”

我回答“好的”，但在心底，我真正想说的却是：“不，拜托不要。”

终于等到了《我不想死得像个傻瓜》的首演，我们约会的地点是剧院。这一次，我没有选择那件厚重的大衣，而是穿上了一条丝绸面料的黑色连衣裙，颜色与雷吉娜的裙子相似，但我的这条更加透明、更具诱惑力，上面还点缀着闪亮的晶片。这是我自己设计的，灵感来源于玛丽·昆特的风格——短小、轻盈，恰到好处地展现身形。我偷偷请母亲的裁缝为我量身定制，每次试穿，我都会想到他。穿上这条裙子，我既不像一个女中学生，也不似那些富态的贵妇。我精心挑选的每一件配饰，都是为了吸引他的目光。我的脑海里只盘旋着一个念头：吸引他。

我从母亲的衣橱里找到一条长羊毛围巾，轻柔地披在肩上，脚上则穿着攒钱买的黑色高跟鞋。这是我第一次全然为了一个男人而精心打扮。这身装束让我感到自豪，但内心深处却隐隐有种伪装的感觉，仿佛我不再是真正的我。我知道自己不能想太多。我用眼线笔加深了眼睛的轮廓，又在脸上轻扑了一层粉底。

导演助理在检票处等我，我向他做了自我介绍，跟着他穿梭于人群中。不久，导演本人出现了——一个身材不高的黑发男子，眼中闪烁着顽皮。我们沿着一条狭长的走廊穿过后台，最终来到了包厢前。

他就在那里，我一眼就认出了那条粉色领带。当他的目光落在我的透明连衣裙上时，他异常惊讶，瞪大了眼睛：

“你母亲怎么会允许你穿成这样出门！”

看着他那双充满惊讶的眼睛，我感到一阵得意，忍不住笑了起来。

“你笑起来真好看。”

他说着，突然伸手抓住我，将我紧紧拥入怀中轻吻。我的到来显然打乱了在场演员的节奏，他们纷纷从化妆间探出头来。他没有丝毫犹豫，就这样把我介绍给了所有人。

这个夜晚是如此令人目眩神迷，一切都显得新奇而特别。剧院名流聚集、观众爆满，我与那些特权阶层和官员并肩坐在最前排，似乎已经被默认为漫画家的“未婚妻”。我的出现立刻吸引了好奇的目光，也引起了窃窃私语，其中不乏我从未见过面的记者们。当然，每个记者都有自己的报道专长。对于我这样的新手来说，报道重点通常是交易会和展览会。剧场中，一些热情的支持者开始齐声吟唱《埃瓦里斯特之歌》。埃瓦里斯特是才华横溢的年轻数学家，他曾经演唱过这首歌的副歌，因此歌曲也以他的名字命名。

他在1968年3月成为一名革命者，曾即兴演唱，成为那个动荡春天的代表性人物，其伟大时刻也被节目记录下来。剧场内的气氛随之沸腾，欢笑声此起彼伏，然后戛然而止，全场一片寂静，安静得出奇。戏的内容都是导演根据报纸上发表的漫画上的对话进行改编的。整体而言，这出戏是对消费型社会的犀利讽刺，让人忍俊不禁。我跟从着周围人的反应，与他们一起欢笑，但内心时常感到困惑，很难完全理解内在的深意和政治隐喻。

他是我的英雄，我对他的钦佩之情难以言表。他给予我的，是我收到过的最珍贵的礼物，无可比拟。

随着红色幕布缓缓降下，剧院内响起了雷鸣般的掌声。有人开始呼喊他的名字，观众们也跟着喊了起来，每一个音节都仿佛在空中回荡。他从侧面走出来，踏上舞台，比两小时前在包厢前迎接我时显得更加高大且充满魅力。我的目光紧紧锁定他那双直视我的黑色双眸。我对他微微一笑，带着一丝苦涩，因为我的内心充满了复杂的情感——恐惧、羞愧、快乐、愉悦，它们混合成一杯令人陶醉的鸡尾酒。

“怎么样，我的话剧让你开心了吗？”他问。

“我笑了。”我回答。

我不想在这样的问答上浪费精力，因为此刻我更渴望立刻拥吻他。

我们与演员们一起在剧院附近的一家餐厅共进晚餐。他满脸喜悦，身上散发着一种难以言喻的魅力，让我感觉自己仿佛置身于梦境之中。这难道就是我青春期时为自己编织的梦吗？那时，我会把自己关在卧室里，不是为了完成第二天要交的拉丁文作业，而是花时间撰写小剧本，然后给自己分配不同的角色“在舞台上表演”。我将头埋进他的怀里，如果不是害怕显得荒唐，我真想倚在他的肩膀上哭泣。

随着时间的推移，我们的关系变得越来越亲密。我慢慢融入他的生活，他也成为我生活的一部分。他将我介绍给他的朋友、工作伙伴，以及他在讽刺周刊一起工作的同事们——一群自学成才、乐观豁达的人。然而，他们那种无休无止的露骨幽默让我感到有些局促不安。在他们中间，有一个人尤其引起了我的注意，他比其他人更年轻、更迷人且魅力四射。还有一些人来自广告和营销行业，穿着时尚，脚踏锃亮的丘奇牌皮鞋，肩挎博柏利包包。他们似乎都是用幽默铸造的人。跟随他，我步入了一个充满欢声笑语的新世界。

这是一个关于“笑”的新发现。笑，不问缘由，无须解释，只是笑。笑，是快乐的标志。在我的家庭里，笑声是稀缺的，我不记得父母曾有过豪放的笑声。我常思考，他们二人的父亲都在第一次世界大战中牺牲了，家中再无父亲的身影，母亲的爱情也随之消逝，两个孤儿从童年起就与不幸相伴。更悲哀的是，他们还未及二十岁时，第二次世界大战又突然袭来。他们在相似的环境中成长，这或许解释了为何他们难以在内心深处找到幸福。我感觉自己或许接近了真相，但这只是我的直觉。

我爱的人也有着同样写满坎坷的过往：两岁时失去父亲，母亲因病去法国接受治疗，将他留在突尼斯的家中；学业进行得断断续续，早早结婚，一对女儿难产而生，妻子又在一场车祸中去世。

“如果万事皆顺，我不会成为现在的我。是嘲讽让我得以存活。”他这样解释。

“爱情也可以是一种幽默吗？”我问。

他听到这个问题，笑了。

“我喜欢你，我的金发小姑娘。”

我开始理解，他最杰出的才能来自一种隐秘的力量。这股力量使他能够驾驭无常的事态，掌控多舛的生活。

那么，爱情，能成为幽默的容器吗？

1968年11月的某一天，梦想与现实联姻了。我的生活状态发生变化，日子也随之溢满阳光。

如今，我成了一位知名而杰出的男士的“女朋友”。我频繁出席各种剧作的首映礼，参与左翼党派政治聚会，他还正式地将我介绍给了他的两个女儿，我们不时一起共享午餐。

在报社，主编不再难为我，我满怀激情地投入到有关社会问题的报道工作中。

谈及爱，也就是性生活方面，我全然顺从他的意愿，他的喜好成了我的行动准则。换言之，我不曾问自己“我喜欢怎样的方式”，而是“他希望我如何做”。

仔细思考，我意识到与他的这段新关系意味着我不再完全是自己。这种关系让我不自觉地从他的视角出发，思考、行动、解决问题。在遇见他之前，我也会在镜子前停留许久，想确认自己的打扮是否符合自己的意愿。而现在，我站在镜子前却是不断地追问自己：他会喜欢我这个样子吗？一个固执的念头缠绕着我——我要让自己的行为与他对我的期望相吻合。

我不时问自己，他期待他的“金发小姑娘”成为什么样的人？最终，我变成了一个可有可无的存在，就像法国市场上售卖的一触即应的洋娃娃，只会说“好”。他想去哪里，我就陪他去；他要我做什么，我就照做，从不质疑这是否出于自己的意愿。我的身体和灵魂似乎都属于他。当然，我也确实从这段关系中学到了很多东西。我幻想着，能通过这种被动的姿态磨炼出一种气质，最终得到某种回报。我有耐心，但也对自己缺乏信心，我们的关系时常陷入沉默。我想这是因为我在他面前总是显得笨拙，缺乏魅力和才华。在这样一个光芒四射的男人面前，我感到内心极度痛苦。我向他提出的问题往往显得幼稚可笑，就像一个新手记者一样。我对此心知肚明，感到羞愧、无地自容。正因如此，我宁愿选择沉默。

“你为什么总是沉默不语？”那天，我们在一起散步时，他这样问我。“你知道阿加特（他的前女友）吗？她总是滔滔不绝，非常迷人，很有趣……她还出版了一本小说。”

他的这番话让我怒火中烧，然而，我没有暴跳如雷，反而变得更加沉默不语。如果是另一个女人，可能会被他的话激怒，直接反击回去。而我，我学会了顺从，从不反驳，因为我不知道该如何在这方面展露自己。

我长时间保持沉默。我没有学会如何跟他谈论自己，或者，当我试图谈论自己时，我又总情不自禁地自嘲。“我”这个字眼似乎总是从嘴边溜走，我的个人经历被深深地隐藏起来，从未真正向他袒露过。

他真的想要了解我吗？他对我究竟是什么样的感情？

他拥有了我的身体。起初，我并未提出异议，因为我坚信我们的关系是建立在性吸引力之上的。我对他的感情深沉至极，但我是否真的想过与他共度余生？我不记得自己是否曾有过这样的念头，不过无论如何，生活似乎失去了意义。我学会了放手，放弃那种如同囚禁自己的过去，现在，活在当下对我来说更为合适，感受瞬间的快乐。这种存在感让我感到轻松，给予我欢愉。

在了解爱情前，

先学会

憎恨

1969年春天，一件出乎意料的事让我变得烦躁不安，我开始对自己的爱情进行反思。我觉得自己已经到了成熟的年龄，该认真反省了。

一天晚上，我去他家——就是他和两个女儿共同居住的那个公寓，家里还有一位三十岁上下的女人负责打理日常家务。那天晚上的安排是“朋友聚会”。这是常事，我没太在意。只要和他在一起，其他一切都无关紧要。

事实上，那天晚上来的只有一个男人。我在他周刊社的办公室里碰到过几次，我挺喜欢那人，但心里也很清楚，如果和他发生什么，我肯定会屈服于他的魅力，也许瞬间便会坠入爱河。我到的时候他们已经在那儿聊了一阵子，几杯威士忌早已下肚。

在这个家里我已经不是客人了。我开始摆盘，穿梭在厨房和餐厅之间。他们聊天，我听着。我在餐桌前来回走动时，那人几次把手“忘”在我那裸露的双腿上，他比以往显得更加光彩夺目，更具诱惑力，我没有反抗。他的抚摸毫不夸张，我认为这是友好的表现，我不想成为别人眼中的“大白鹅”。我们处在一个自由时代，我墨守其规。

吃完饭，他走进了厨房。

我和那人还坐在餐厅，“在卧室喝咖啡会更舒服。”那人说道。我便和他来到卧室，酒精已经让他的神志变得模糊不清了。我坐在床上，把脸转向他，不知不觉间，我们的嘴贴在了一起。他亲吻着我，一种我从未感受过的热吻，长长的，甜甜的。深深的吻让我们的身体紧紧地拥在一起，偶有松动，也只是为了更完美的贴合。我忘记了地点，忘记了时间，甚至没有看到手里端着托盘眼睁睁地望着我们亲密的他。我彻底失控了，一种强烈的欲望被点燃。

我又学到了全新的知识，其中的奥秘只有我的身体知晓。这种情况下做决定的不再是我的头脑或情感，而是体内深处不曾意识到的某种东西。

夜里，那人离开了卧室。

门关上之前，他在门外死死地盯着我，我没看见，我睡着了。

我心里并非不内疚，感觉乱糟糟的，我追问自己，那个放荡无忌、投入他人怀抱的女人真的是我吗？那是我欲望的表达吗？几个月来，我“不惜一切代价”取悦于他，难道他不是我一直拼命追寻的目标吗？

第二天，我外出采访。前夜的事似乎被我们从记忆中抹掉了。

过了一段时间，他约我到市中心圣殿街的一个朋友家里见面，这位贵族朋友是位作家，酗酒，他在一次晚宴上给我介绍过这个人。我没发现这人有什么吸引力，想到要和这样的人一起用餐就内心生厌。但他发出邀请时，我虽不情愿，却没有拒绝。我妥协了，毕竟必要的社交是游戏的组成部分。

在前往圣殿街的路上，一种隐约的焦虑凝结在心，让我备受煎熬。这仅仅是一次社交性聚会吗？

他来了，戴着那条我见过多次的粉色领带，我想这条领带就快告别其“职业生涯”了。有他在身边，我感到底气十足。我们已经有一个多星期没见面了，能像只小猫咪一样在他身上蹭来蹭去，我真的很开心。他很温柔地把我抱在怀里。我真希望他能立刻改变主意，换个地方好让我们两个一起去吃晚饭，然后随便找个地方过夜，只有他和我。但他没明白我的心思。我们踏上了宽大漂亮的楼梯，这种楼梯在巴黎历史街区还能看到，楼梯直通作家居住的单元。

我就像一个坠入情网中不可自拔的小姑娘，满脑子只剩下梦幻。在他眼里，我没有自己的想法，即使有，我自己都会置若罔闻。他的愿望我理解不了。

在那个幻灭之夜，两个男人占有了我。我的肉体似乎成为他们欲望的舞台，随着他们的节奏开合颤动。在他们眼中，我不过是一件可以任意摆布的物品。在这样的境遇下，快乐对我而言成了一个遥不可及的概念。两个男人沉浸在自己的快感之中，而我的感受，对他们来说似乎毫无意义。他们对我机械僵硬的反应视而不见，毫不顾忌。我对这栋房子的主人充满了憎恨，对那个始作俑者更是咬牙切齿。

在了解爱情之前，我已经学会了如何憎恨。

我曾经深信，我们的肉体可以如胶似漆，融合得密不可分，他相信情欲之间存在真挚。但现在，剩下的只有令人作呕的虚无与心痛。

他是否能猜透我内心的想法？他的目光突然变得模糊，紧紧握住我的手。

而另一个人，仿佛又聋又瞎，我们之间本不该有任何实质性的接触，然而那位作家却妄图通过他来向我提问。

“这女孩儿心中的梦想是什么？”作家问道。

我重新找回了我的声音。我能感觉到那些句子、语调、词汇一股脑地奔涌上我的喉咙。

“我的梦想是我的私事，我只愿意留给自己。”我回答。

“小姑娘，难道你不知道爱是可以分享的吗？梦想也是如此。”作家再次说道。

“我不愿意迎合任何人的梦想，也对你的梦想不感兴趣。”我冷冷地回应。

作家走进了浴室，却没有关上门。

他默默地站在一旁，这是他第一次亲眼见我如此反抗——我就是这样的人。我曾希望能在他身边找到生活的乐趣，不再像遇见他之前那样忍受痛苦和郁闷的煎熬。我渴望他能向我保证幸福并未消逝，我的身体和灵魂只愿与他相融。

那个夜晚，我的欲望并未留在那里，而是飘向了远方。我追求的是爱，而非羞辱。我从三人的纠缠中挣脱出来，对那一幕极度反感。然而，矛盾的是，在我穿上衣服的那一刻，体内却涌现出一股奇异的能量。

天亮时，我们离开了作家的住所。我冻得瑟瑟发抖，他将我紧紧拥入怀中，让我在他的怀中取暖。

“该怎么跟你说呢……或许是时代的影响。我，我自己也不确定是否真的想那样做。这是最后一次，以后没有人可以触碰你。你只属于我，我那拥有玫瑰金色头发的小姑娘。昨晚，我意识到了一件事：是我，坠入了爱河！”

那晚之后，他终于明白我不仅仅只是一个用来宣泄欲望的工具。面对这样的认知，我陷入了两难的境地：是继续与他相处，仿佛一切未曾发生过，还是听从内心深处的呼唤，逃离这一切，奔向世界的另一端寻找新生？最终，我两者都未选择。我无法忘却过去，也无法割舍与他的羁绊。为什么会这样？是因为我好奇未来可能发生的事情，还是因为不愿意承认，在不确定的情感中，我已经开始感受到某种真情的萌芽？

几天后，我再次与他相遇，再次为那短暂的幸福所陶醉、淹没。

我在他生活中出现的频率似乎取决于我们双方的欲望。性欲是一种瞬间的冲动，强烈、突然、转瞬即逝，而爱情则是一件永恒的杰作。三十年的爱情历程，途中遭遇的“敌人”和挑战足以将其摧毁，但事实恰恰相反，随着时间的流逝，我们的爱情变得更加牢固。

三十年，转瞬即逝。

该如何判定自己是否真正陷入爱河？

伪装的爱，相对容易识破。他是真心决定爱我，还是受那位作家的影响才感受到了爱？作家触碰我，让他内心产生了强烈的嫉妒，他认为这是爱我的证据。但问题是，嫉妒真的等同于爱情吗？嫉妒，不也只是情绪的一种吗？

爱，不由自主。它早已存在，只待缘分的降临。

1970年7月，他受邀参加哈瓦那的海报节。尽管是半月之旅，却是他首次长途旅行，也是我们第一次分离。出发前，他带我拜访了他的母亲——一位头发花白的小老太太，眼睛圆润、明亮，与他如出一辙。

"我爱这个女人。"他一边指着我，一边对母亲说。

她抬起头审视我，我的眼睛被金色的发丝遮掩。我多想奔向她，紧紧地拥抱并亲吻她，感谢她把这位令我倾心的男人带来人世。然而，我只是呆立在那里，嘴角挂着惯常的微笑，希望以此掩饰心中的局促不安。我不谙应对之道，也不晓得此刻任何言行都显得多余和无力。在这位可敬的母亲眼中，这个世上，无人能与她那"才华横溢、天资卓越"的儿子相提并论。

他在启程前往古巴之际送给我两份礼物：一只爱马仕手包，以及……

"我希望回来后我们能一直在一起。我希望你能搬来我家住。你现在就可以过来，我的女儿们去度假了，你可以独自住在这里。你愿意吗？"他说着，递给我钥匙。

他的这个请求，充满了爱的允诺。飞机起飞时，我开始哽咽，泪水夺眶而出，因为我深爱着他。

我记得，我们临别前的最后对话让我泪流满面，他温柔地用手指擦去我的泪珠。

“你哭泣，是因为你爱我。但我更愿意看到你露出幸福的笑容，你笑起来时美极了。”他轻声说道。

我尽力抑制着自己的情绪。

“我的笑容，只属于你。”我回应道。

“那么，你已经学会了：微笑是最基本的礼仪！”他开玩笑地说。

关于他的求婚，我守口如瓶，这是我心底的秘密，是属于我个人的隐秘之事。他的生活里还有两个女儿，我没有深究，也不愿思考。对我而言，他的邀请才是至关重要的。无论是清晨、白天还是夜晚，时刻与他共处，陪他工作，看他画画，听他说话。我要抛开过去，不想未来，只追求永恒的现在，那充满欢笑、激情、渴望和梦想的当下。此时此刻，生活的美好和内心的幸福交织在一起。

几天后，我搬进了“新”未婚夫的公寓。

他不仅是我的未婚夫，更是诱惑着我的那个人，一个声名显赫的情人。

爱是

一起构筑

陷入爱情的旋涡后，我曾一度将朋友们忘得一干二净。如今，我独自一人时感受到了孤独与空虚，于是又开始寻求她们的陪伴。

帕特里夏是名年轻的医学生，婚后不久，在与我共进午餐时透露了她想离婚的念头。她说如果今年不能，明年也一定会离。我记得她在婚礼前夕在电话里向我哭诉，她预感自己的爱情将会出现问题。我追问原因，她列举了一连串理由，坚称爱情迟早都会终结。仅仅一年，她已经试图逃离这段婚姻了。

我尝试着劝她不要急于做出决定，特别是因为她婚后不久就曾渴望拥有自己的孩子。

“结婚后不久我就怀孕了……”她回答，“但我做了流产，因为他不想要孩子。”

“他为什么不想要？这太荒谬了。”我惊讶地说，“而且这个决定应该由你来做，而不是他。”

“确实，话是这么说，但现实中，女性往往不得不顺从。我不敢违背他的意愿。”

她叹息着，继续说：“而且，你无法想象他的嫉妒心有多疯狂。他彻底疯掉了，不可理喻。他出门时竟然要把我锁在房间里！最可怕的是，我清楚地知道，我已经走上了一条不归路。我真想跟他一刀两断，但又觉得自己没有决断的勇气和力量。现在的我，整日如同被油煎、被火烤，痛苦万分。”

那是一个复杂混乱的时期，两性鏖战，相互厮杀。一方面，女性的自信心增强，开始奋力争取自己的权利；另一方面，男性试图稳固自己的主导地位，不愿失去对女人的控制权。那段时间真是折磨人，很多事也耐人寻味起来。夫妻间要么小别如新婚，重逢时满是深情，爱意更浓；要么恰恰相反，彼此生厌，怒目相视。

每当感觉到帕特里夏想要分手时，她丈夫就发誓，表明自己如何爱她。在我眼中，帕特里夏一直是一位女权主义导师、一个反叛者，但每次鸡飞狗跳的争吵后，却总是她先妥协。

马塞尔·茹昂多的日记中有一句至理名言：“心内其释，慧不可及！”

后来，我又去拜访了另一位好友卡特琳，那次相聚无疑为我敲响了警钟。

尽管她已经办了结婚登记，却被母亲要求留在波尔多的娘家，直至完成宗教婚礼。她迈入婚姻本是为了挣脱母亲的控制，期望以此终结情感和性经历上的隐痛。遗憾的是，她的新婚之夜竟然演变成了一场悲剧。真是命运弄人！

市政厅的婚礼仪式结束仅48小时，卡特琳的丈夫便返回了部队。在服役之前，他一直在准备法国国家行政学院——一所声名显赫的学府的考试。他的计划是，一旦被录取，就能搬到巴黎，这一前景对卡特琳无疑极具吸引力。毋庸置疑，移居首都巴黎是一个美丽的梦，因为从政走仕途之路是卡特琳梦想的一部分。卡特琳十五岁起就对戴高乐主义[1]怀有浓厚的兴趣，十七岁高中毕业后，她曾希望专攻政治学，但遭到家人的反对。她母亲认为政治学是男性的领域，到了适婚年龄的女孩子不应该搞政治，否则会把男性吓跑。这种观念似乎将她拉回了19世纪的波尔多，而

1 戴高乐提出的关于维护战后法国在国际事务中的大国地位、对抗美国控制的政策。——编者注

恰恰在那个时刻，1968年的巴黎正经历着社会动荡和变革。

不顾家人的反对，凭借自己的努力，加上先前获得的德语学士学位，卡特琳终于踏入巴黎政治学院。在那充满智慧的阶梯教室里，她遇到了认定的终身伴侣。这对情侣，一方是被塑造成传统顺从的妻子形象的女性，另一方是前途无量的政治家。一夜的亲密无间让她的视野豁然开朗，但这是否足以让她摆脱对家庭长达十九年的顺从，重新定义自己的人生？

“‘我爱你’说出来轻而易举！”卡特琳感叹道，“但真实生活中的爱情却复杂得多。女性还未准备好，还没找到面对这种复杂性的答案。我是我们中第一个有切身体会的。”

那我呢，该如何是好？朋友们的经历没能为我即将踏上的婚姻之路注入勇气。我的处境更为复杂，不仅要维系二人世界，还要在四人家庭中寻求和谐。在我的朋友圈里，似乎没人经历过“光棍儿带孩子”的剧本，没有现成的经验可借鉴。没有人能为我指引方向，哪怕只是提供一丝线索，告诉我该如何开启新生活的大门，又该如何避免盲目的碰撞，如何慎重地摸着石头渡河。

卡特琳、帕特里夏，还有我，我们分别有过几次电话交谈，但总是充满了踌躇和模棱两可，仿佛每句话后面都悬挂着求救的信号。于是，我们决定三个人一起吃顿饭，厘清各自纷乱的生活脉络。我们的内心，似乎正酝酿着一场“革命”。

帕特里夏尚未踏足过我未婚夫的公寓，而我也才将自己的行囊安置过来，我们便选在此地相聚。在我和未婚夫的房间里，话题一下子聚焦到壁炉架上的照片——有他两年前离世妻子的孤独侧影，有他们与孩子们的温馨时光，甚至还有他与她的合影。帕特里夏的言下之意是这些照片应该从我与他的生活中消失。“留着这样的装饰意味着要接受生活在对他人的崇拜中。”我对他的爱是否强烈到能让我接受这一切？该如何给出一个既诚实又不背叛彼此、不辜负他们——他和她们的答案？我愈苦思冥想，感觉心中的石块愈沉重。

“顺其自然吧。”我轻声说。

帕特里夏则断然指出：“爱充满了巨大的风险，包括不被爱、失去爱，甚至从未真正拥有过爱。如果我的另一半出门时将我锁起来，担心我会有出轨行为，那算是真的爱我吗？那是他根本不信任我。”

我察觉到这对年轻夫妇之间缺乏自由和容忍。我得出结论，他们的关系里缺少爱情，但我并未将这话说出口。我意识到我需要学会将宽容融入即将步入的婚姻中。然而，这些都只是理论上的想法，并非源于实际经验。经验有时会使我们迷失方向，背离最初的激情。

卡特琳的顺从让我对可能变得糟糕的未来感到不安。她似乎比我更坚韧、更成熟，但她对待伴侣的态度却与此相悖。我是否能够抗拒屈服？抗拒的代价是要面对孤独、抑郁和无尽的烦恼。我还有别的出路吗？实际上，我们心中理想化的热恋仍然遥不可及。我们的困惑是，街道上石子乱飞，如雨点般落下，墙上的标语在大声疾呼自由，而我们呢，却被告知要禁止……这些充满希望的标语究竟是为谁而写的？那些刚步入婚姻殿堂的新娘，难道不是因为幻想破灭才在厨房角落里默默感伤流泪吗?

融入一个男人的生活，我的心里总怀有这样的信念：每个人身边都应该有一个赋予其生活意义的伴侣，我对他也抱有同样的期望。然而，就在这个时刻，我的两位朋友却选择离开她们的另一半，从那未曾真正体验过的“极乐世界”跌落。但缺乏勇气的她们尚未下定决心，面对祖辈设定的道德标准，她们不敢任性行事，无法做到我行我素。毕竟，我们这一代人都是在传统道德的熏陶中成长起来的。

妻子

的定义

工作上，我迈出了重要的一步：实习期结束，我获得了正式的记者证。从那时起，我开始专注报道社会议题，特别是女权团体的示威活动。我开始频繁参加议会活动，密切关注卢瓦尔省议员吕西安·诺伊维尔特[1]所领导的关于避孕法规的起草工作，这是一场真正意义上的斗争。我与他成为朋友。我们常在“弗朗索瓦丝之家”议员餐厅共进午餐，进行一种“公平”的交易：我用温柔而纯洁的微笑交换他的独家新闻，然后在周末的报纸上发表。

经过不同党派议员的激烈辩论，避孕法终于通过。我们在议会大厦的休息室庆祝这来之不易的胜利，我坐在吕西安身旁，满怀热情地向他表示祝贺。但他告诫我，庆祝为时尚早，真正的战斗才刚刚开始，只有当法令正式颁布并付诸实施的那一天，我们才能真正欢呼。

成功是否必须依赖于引诱他人？这是一个值得探讨的问题，尤其在一个诱惑无所不在的世界里。对我

1 法国政治家，20 世纪 60 年代在法国推动口服避孕药合法化，被誉为法国“避孕药之父”。——编者注

来说，诱惑他人一直是一种令人愉悦的游戏。我说过，自幼我便模仿充满魅力的母亲，尝试用我掌握的小技巧去引诱他人。很多时候，我并没有明确的目的，只是出于好奇，想看看我的目标会有什么反应。不过，我必须承认“当局者迷”，有时候我也会因为没有掌握好尺度而陷入尴尬的境地，这确实显得有些幼稚。我的朋友卡特琳，她在波尔多时总是希望别人夸她聪明，但她也会夸耀自己擅长利用外貌去吸引他人。这也许是她表达自信的一种方式，尽管外表可能会掩盖她更深层次的智慧。男性和女性都有其自身的复杂性，这使得男女结合成为难事。

这个问题确实令我好奇：我，一个小资打扮的年轻实习记者，如何吸引到一位赢得巴黎众多美女青睐的漫画家？他又为何愿意将如此多的时间和精力投入到我身上？我的理解是，我们的相遇，无论对他还是对我，都出自一种情感和欲望的驱动，我们的鱼水之欢为的只是放纵身心。很少有人追求昙花一现的爱情，大多也不愿只寻找纯粹的肉体之欢，所以从一开始，我们就旗鼓相当。我猜想，可能是我们之间的相互需求在恰当的时空中得到了滋养，就像久旱之地遇到甘霖。一种难以言喻的吸引逐渐显现，竟让两个性格迥异的人在互补中创造出和谐。

他邀请我与他共同生活，这无疑是爱意的明证。在这之前，他的其他行为也展露出对我的深情。每当我向他吐露与他人的浪漫往事时，他都会表现出明显的恼怒和嫉妒，尤其是其中的一次风流韵事让他恨得牙根疼，他被刺激到了，以至于多年之后仍然耿耿于怀，揪住不放。

1968年3月，联邦德国极右翼党派策划了一场针对社会党学生领袖鲁迪·杜奇克的暗杀行动。这一事件在西德“红色复活节”期间引发了多起激烈的示威事件。为了表达对鲁迪的支持，成千上万的年轻人戴上安全帽，手持棍棒，在德国各大城市的街头展开了抗争。不久之后，巴黎近郊的第十大学[1]被烈火吞噬。到了5月11日，经过一整天的动荡，巴黎拉丁区的街

1 1964年创立，法国最著名的公立大学之一，位于巴黎西郊，法国第八任总统埃马纽埃尔·马克龙曾于此学习哲学。

道上，被推翻的汽车和被连根拔起的树木变成了临时路障。

在这种动乱的时代背景下，我与一群专注于青年议题的记者同行，于1968年5月初踏上了前往联邦德国的报道之旅。我们的目标是披露其首都的真实状况，把握青年运动的脉搏。

那段日子里，我们日复一日地采访鲁迪的支持者和右翼反对者，努力搜集他们的观点和反应。工作结束后，我们常常聚集在柏林年轻人喜爱的餐馆里，分享彼此收集的信息。一个夜晚，我没有回自己的住所，而是与一位记者同事在酒店共度时光。正是通过他，我才意识到之前的那些男性并不能真正算作是我的情人，因为他们未曾带给我任何真正的发现。后来我向现在深爱我的男人坦白了这段往事，这让他恼怒不已。

他说："与现在试图取悦你的男人相比，我更加嫉妒那些在我之前就与你度过了亲密时光的男人。"

"你这话听起来像司汤达[1]的风格，但别忘了司汤

1　法国批判现实主义作家，代表作品有《红与黑》《阿尔芒丝》等。——编者注

达生活在19世纪！”我提醒他。

他坚定地回答：“爱情永远是爱情！”

这位艺术家的话铭刻在人们的记忆中，他不仅以《我别无他想》这部漫画集闻名，更将其精神延续到了舞台上，创作出备受赞誉的剧作《我不想死得像个傻瓜》。然而，当他在戏剧界赢得初次辉煌后，他的第二部剧作却激起了波澜，引发了公众的热议与争论。人们说，那位曾为《狂人报》绘制漫画的艺术家，似乎已经被消费型社会吞噬殆尽。《狂人报》为他举办的联欢会充斥着放荡的开怀大笑、淫邪的目光和下流的言辞，仿佛颓废成为一种生活信条，要不遗余力地加以维护和推崇。有人批评说，他笔下的角色不再为革命呐喊，而是沉溺于肉欲之中。也有声音指出，这位“五月的狂人”在成为革命者的同时，也在社会舞台上获得了反响。

在一次采访中，他坦率地说：“我爱女孩，爱威士忌，爱笑。这些都需要金钱。这和我脑子里想什么无关。”

在他的作品集《我不想死得像个傻瓜》中，有一幅画让我觉得与我有着莫大的关联。画中，一个男人紧随一位长发女孩，说：“我总觉得这与我有关，这念头让我困扰不已。”而女孩则回应：“我总觉得他有这样纠结的念头与我有关。”

两个人在一起是需要承受后果的！

生活的重担让我无暇思考。岁月匆匆，我试图逃避失望和幻想，却找不到释放的出口。我白天在报社忙碌，晚上还要照顾他的两个孩子。我自己尚且稚气未脱，却还要分心照顾她们的父亲，安排晚间娱乐，夜深时与他欢爱，相拥而眠。我的生活变得浑浑噩噩，混乱无序，更别提享受了。我像一只勤恳的蜜蜂，试图取悦每一个人，包括那两个孩子。然而，在忙碌之后，我逐渐意识到我的生活里写满了苦涩，难以言表。

有时孩子们的欢笑和游戏声会化为哭喊，房间里的音乐声此起彼伏，金发和红发女孩偶尔还会跑到走廊上。我只能耐心等待，等到周末她们去奶奶家，我才能享受独处的宁静。其余的时间，我则默默忍受，期盼着那份难得的安宁。有时候，我会惊讶于自己虽然年轻且缺乏经验，却在不知不觉中成了家庭的支柱。我还没做母亲，却不得不扮演那个我从未向往过的角色。傍晚，当我从报社拖着疲惫的身躯回家时，内心充满着类似和他初见时那种难以抑制的激情，仿佛我仍是不顾一切地向他奔去。但是，随着家门越来越近，现实又重新占据了我的心头。在将钥匙插入锁孔前，我会深呼吸几次，让自己的心跳平静下来。那份欲望早已烟消云散。走廊尽头，两个女孩紧紧相依，她们只是默默地看着我。为什么她们不来拥抱我？我渴望她们的爱，那样我才能确定自己对他的爱。

夜幕低垂，城市被一层薄雾笼罩。街上，刚刚下班的人们直奔商店，抓紧完成日暮前的采购。喇叭声夹杂在拥挤的车流中，屋内却是一片寂静。我穿过房间，一盏盏灯光亮起，温暖的光芒逐一点亮了整个空间。然后，我坐在镜子前，开始卸去一天的残妆与疲惫，任自己的思绪飘荡。我细致、小心地重新在眼睛周围画上细细的线条，涂抹睫毛膏，用粉扑在颧骨上轻拍一层玫瑰色的胭红，最后在双唇上轻抹一层淡淡的裸色唇膏。镜中的我仿佛变成了另一个人，一个属于夜晚的女人。我穿上精心挑选的晚装，那是为了吸引他的目光而设计的。我在安静的家中等待着他的归来。

我是否散发着让人无法抗拒的魅力？我凝视着镜中的自己，那双眼睛无声地传达了一切。如果连我都能被自己迷惑，那么他也定会为我倾倒。今夜的装扮，只为唯一的他。

我投入了大把的时间来打扮自己，从脸庞到眼眸，从双唇到每一寸肌肤都精心打理。我在身体的每一处轻拂香氛，从肩头延伸至隐秘的曲线。我仿佛化身为弗吉尼亚·伍尔夫[1]夫人，将等待的时光转化为读书的时光，或是处理待办的文件，抑或是探索一门新的语言。正如伍尔夫夫人在她的日记里所言："我在镜前的那些时刻，足以让我通晓希腊语。"

我总不能用希腊语勾引那位花花公子啊！

---

1 英国女作家，意识流文学代表人物，出版《达洛维夫人》《一间自己的房间》等小说，被视为 20 世纪现代主义与女性主义的先锋。——编者注

孩子们的声音透过门缝传来，带着天真的疑惑，睡衣下摆盖住了脚，拖拉在地上。

“你都要和爸爸亲亲了，为什么还要化妆呢？”

“是为了给爸爸一个惊喜啊！”

“为什么要给他惊喜？爸爸本来就喜欢你啊。”

面对她们的提问，我感到一丝困惑，该如何在恼怒与温柔间找到平衡？

“美丽是一种责任，也是对他人的一种尊重。”我轻声解释。

“那你穿这件黑红搭配的衣服是不是因为爸爸喜欢？是他让你这么穿的吗？”

“不，这是我自己的选择，我化妆也是为了自己。现在去吃饭吧，保姆在叫你们。”

孩子们的问题令我瞬间迷茫。为何我每晚都要如此精心地装扮？在我的脸上、身上涂抹化妆品，这不就像是戴上了一件件珠宝吗？难道我在逃避做真正的自己吗？不，不应该是这样。我喜欢化妆的过程，这能展现我的才华，让我感受到自我价值。这是一种乐趣，一场我为自己上演的独角戏，唯一的目的就是通过镜子前的变身，向他揭示真实的自我。如今，这不再是过去那种单纯的自我陈列，而是一种自我表达。我从不认为打扮是徒劳之举。相反，这是至关重要的，我敢打赌，在这一刻，经过精心装扮的我，找到了通往他人世界的自由之路。

一张焕然一新的面容，能够整顿我的心绪，换上一身新衣，我准备好迎接爱情的到来。每一天，我都在尽力创造非凡的体验，将平凡的日子转化为永恒的庆典。

最后一次对着镜子时，我心生羡慕，因为他选择了我。有时，我渴望他能拥有相同的洞察力，希望他也能为了取悦我而投入时间，精心准备，就像我为他所做的那样。但事实并非如此，他在这方面似乎只关心一点：保持体形——这在他看来是活力的象征。即便他减少饮酒，那也不是为了避免酒后头痛或是其他不适，如体重增加，而是为了能在床上有更佳的表现。在他的词典里，所谓的“保持健康”似乎就是“保持男性力量”。男人的魅力与成功的交媾，两者之间有着微妙而深刻的联系。

对男人有欲望，是否唯有婚姻才能成为其合理的出口？

这种想法出自谁？是他还是我？当他渴望我成为“他的女人，而非孩子的母亲”时，他所指的“女人”真的等同于“妻子”吗？坦白地说，直至今日，我才开始追问这样的问题。过去，我没有足够的时间深刻思考，也不曾有机会为未来做好准备。如果早知道时间流逝如梭，我一定不会坐视不理，任它悄然溜走。

三年后，在一个阳光明媚的日子里，圣凯瑟琳节[1]刚刚落幕，我却遭到了报社同事的嘲笑，这让我陷入深渊般的绝望。他曾滔滔不绝地表达他的愿望，希望我成为他的女人，而非仅仅是孩子们的母亲，但这一切似乎只是一场冒险的赌局。现在，我发现自己似乎既不全然是一个合格的妻子，也不是一个母亲，更不是一个情人，或者家里的女主人。虽然我还年轻，却不得不每天在这几种角色之间不停地辗转切换，尽力地即兴表演。我会忘记陪孩子们背诵课文，错过和小

1　一个专门庆祝年轻未婚女性的日子，在每年的 11 月 25 日。——编者注

学老师的会面，我会不小心打碎餐具，也会把甜点忘在烤箱里直到烤焦……

在词典中，“妻子”被定义为“通过婚姻纽带与他人结合的伴侣”。但我并不愿意仅仅因命运安排而成为某人的配偶。既然命运已经赋予我这一角色的责任，我就要成为一位正式的妻子。然而，掌控命运只是一种幻想，不过是自欺欺人。我们能做的只是选择，而一旦做出选择，未来的道路和人生轨迹便在很大程度上被锁定。我现在拥有伴侣和孩子，但面对那些头衔和称谓时，却只感到失落。

如今，过去种种已经失去了意义。像卡特琳一样，我因幼时家庭生活模式和成长经历对我造成的影响而深感痛苦。婚姻是连接两个人唯一的正当方式。当母亲跟我窃窃私语，提起她的两段非婚姻关系时，我能立刻理解她的用意。这样的事虽然充斥着罪恶的味道，但我并不感到厌恶。

我的提问简单而直接：“你能告诉我你的姓氏吗？”

他的回答直击要害：“你想和我结婚吗？你愿意

在文章署名上加上我的姓[1]吗？作者将不再只是你一个人，而是我们两个人名字的联合呈现。”

“当然，我愿意。我们可以随时开始下一阶段，不过要等我们把结婚所需要的文件都准备齐全。我们不必大肆宣扬，也无须举行盛大的典礼。”我回答道。

他将我紧紧地拥入怀中，那一刻，他眼中闪烁的幸福之光比任何言语都更加动人。

“你爱我，我的金发小姑娘。”他低语道。

没有隆重华丽的仪式，我们的婚礼是在一个不起眼的小村庄里举行的，只有一位年迈的村长，两位不愿透露姓名的证婚人，以及我们之间的爱情。我被深深地触动了，在那张羊皮纸上，原本只有他名字的地方，现在也镌刻上了我的名字，我的心情无比激动。

不邀请任何家人或朋友参加婚礼，这个决定是我们共同做出的。他的理由是他的两个女儿，而我则认为这是我们两人之间的事情，与他人无关，我不想与任何人分享这一时刻。那一天，我们为自己的生活划

1 按照法国当时的习惯，女子结婚后要冠以夫姓。——译者注

定了一个圈，那是一个仅包含我们两个人的世界。我们的这种自私看上去有些肆无忌惮，但对于刚刚建立起来的家庭来说，这是至关重要的，尤其是当这个家庭中已经有了两个孩子。

八月的一个星期天，我第一次在自己撰写的文章下方看到了新的姓氏。这个来自东欧的姓氏已经在我耳边回响了三年，现在它正式成为我的姓。然而，我从未料想到，丈夫的强势态度和立场竟会让我身陷无妄之灾。爱情将我投入泡沫之中，在里面我既无法深思，也无暇评断，甚至不愿意去思考或评断。改变姓名或许是一种不明智的行为，我换上了一副新的外壳，但这副借来的外壳可能终有一天需要归还。难道我还没有清楚地认识到，这样的冒险其实是将自己置于未知的风险之中吗？

“你究竟是谁？”

自我们相识以来，他已不止一次地向我提出这个问题。除了重复他说过的话，我似乎也找不到其他答案。

“我是你的金发小姑娘。”

但“你究竟是谁”难道不是在问“我应该成为谁”吗？如果我不是那么单纯，那么顺从，这句话对我来说可能意味着“我最终会成为谁”。

有时候，我很难相信这些故事与我有瓜葛，我是某个无辜的角色，某个故事的女主角。难道这不能是记忆衍生出的诸多情节吗？

无论如何，他都是那个能用文字和绘画捕捉时代痛苦的人。成为他的妻子后，我摆脱了过往的天真，那个被童年的重压所抑制的自我得到了重塑。从某种意义上来讲，我获得了重生，步入了成熟的生活。但仅仅扮演“女人”的角色还远远不够，我必须深入其中，活出属于自己的精彩。

那个夏天，我们的婚后旅行让我产生一种错觉，以为我们已经开始了真正的夫妻生活。在旅途中，欲望与快乐交织在一起，紧紧缠绕着我们，无论身处何方，始终与我们相随相伴，从未间歇。我开始明白，每一个瞬间都是如此重要，这些瞬间构成了当下。

然而，当我们回到家中，重新回归日常的家庭生活时，一种新的渴望很快诞生，并开始占据主导地位。

女性对男性的渴望有时会不可抗拒，这种力量会不会激发出女性想要孩子的本能?

这是个值得深思的问题。我感觉自己像是被某种病毒感染了，它的力量在我体内肆虐，仿佛在破坏着什么。卡特琳的第一个孩子是女儿，尽管孩子的到来本应带来喜悦，但她和那位毕业于国家行政学院、现在已是知名政治家的丈夫的生活依然充满挑战。

“什么样的挑战？”我问。

她的回答充满了自信：“如果我丈夫在市政选举中胜出，那我就是胜利者，一个真正的女政治家！因为是我在背后支持着他，而不是别人。”

“但谁会知道呢？他可能根本不会公开承认是你帮他赢得了选举。”我反驳道。

“那你就大错特错了！如果他最终赢了，那是因为我先赢了！”

她的话中透露出一种内在的力量，我曾误以为那是她的软弱之处。至于孩子，她的出生真的是源自卡特琳内心的渴望吗?

帕特里夏已经连续三次人工流产了，因为她的丈夫坚决反对生育，认为孩子会迫使他们突然转变，步入成人的世界。帕特里夏解释说，“婚姻有其社会的一面”这个观念已经让他们夫妻二人疲于应对，如果再有孩子，他们会彻底崩溃的。我当时真想搞清楚，哪一个才是他们不想要孩子的真实理由。

自由

少得可怜

在报社，我负责报道各种妇女运动组织的示威活动。与这些比我更为成熟的社会活动家交往，我遭遇了一系列火烧眉毛的问题，它们光速般迅猛蔓延，将我引向了更深层次的思考：女性争取自由，除了内心的解放，还可以为了什么？

这种思考开始在我心中扎根，逐渐生长，直至某一天，它演变成了一种如醉如痴的迷恋——怀孕——在体内孕育一个新生命，这个生命是两个人性格的融合，是维系两人情感的桥梁。这种强烈的渴望究竟潜藏在身体的哪个角落？这种渴望是否像吃饭、喝水或睡眠一样，是自然而然、不可或缺的需求？又或者如同性爱，只是一种本能的欲望，但又并非可有可无？或许它不属于这两者，而是一种更为强烈、令人无法抗拒的冲动？快感，本质上是短暂的，最终会让位给创造的力量。正如他在纸上挥洒墨水，创作出文字和图画，我也渴望进行我自己的创造——最美丽的创造，因为那是活生生的、有血有肉的。我将创造一个生命，一个由我们两人的基因共同孕育的生命。我深知，男性对女性能拥有这种无与伦比的幸福是非常羡慕的，但他们也会想尽办法让女性为此付出代价。

两年来，我们没有采取任何避孕措施，这是一场冒险。与那些容易得到满足的、自然而必要的性欲不同，孕育新生命并非易事，有时它甚至会带来些许疲惫。大家都抱有相同的期望——两个期待成为姐姐的小女孩，未来的父亲，还有我自己，我们甚至有些迫不及待。

“那么，你打算在圣诞节给我们带来一个小宝宝吗？”妹妹好奇地问。

“你在开什么玩笑？”姐姐调侃道。

“说真的，这个小家伙什么时候会来到我们家呢？”未来的父亲诙谐地问。

我报以微笑，心中充满自信。我相信，不久的将来，他就会亲自剪断那根连接着我们的脐带。

几个月过去，我在内心深处不断自问：我并非不顾一切地渴望这个孩子，对吧？如果孩子没有选择留在我的子宫里，我不会强迫他出现。

时间悄然流逝，有一天，我感到身体略有不适，些微疲惫，精神萎靡。或许……也许……出于谨慎，我没有透露这一猜测，而是决定静观其变。

一天早上，我裸身站在镜子前，发现我的身体已经发生了变化。原本尖挺的乳房变得圆润饱满，细腰也变得丰腴起来，一股强烈的气味让我感到喉咙似乎被什么堵住了，走路时我的身子还会不自觉地摇摆。这一次，感觉是真的。除了我体内孕育的小生命，其他一切仿佛都消失了。身体和灵魂的巨大快感是如此强烈，以至于难以与他人分享。

"或许，我可能……"我边说边走进他的办公室。

我站在他面前，他坐在对面，中间的画桌从未像现在这样显得如此宽阔、如此遥远。他的黑眼睛随着手在纸上移动。

"你想说什么？"他没有抬头。

"……"怀孕的事，他不知道更好。这一刻，我决定独自守护这个秘密。

我匆匆跑到药店，买了验孕棒。

在回家的路上，我反复思量，最终决定还是要告诉他。第二天一早，验孕结果呈现阳性。我们欢呼雀跃，紧紧拥抱，抑制不住的幸福泪水唰唰地流淌。我们打开香槟，品尝鱼子酱，回忆起在罗马的阳光下度过的那些日子，我是在复活节前后怀上这个孩子的。在接下来的九个月里，我心里想的、嘴上说的，都是要好好照顾这个小生命，确保宝宝在我体内健康成长，拥有高挑的身材和长久的生命。与此同时，我继续积极地为人工流产的合法化发声，奔走呼吁。

很快，支持免费堕胎的医生数量迅速增加，最初是331名，随后又有300名医生加入行列。这些医生在一份公开宣言中坦承自己曾实施过堕胎手术，并且表示必要时愿意继续提供人工流产服务。在妇女运动的有力推动下，这些勇敢的“叛逆”医生在巴黎及其他城市建立了专门的医疗中心，专为孕后不想生下孩子的女性提供服务，并且可以在她们需要的时候免费进行堕胎手术。禁止堕胎的法律可追溯至1920年，此后医学委员会中一直有反对的声音，因此取得这一成就的意义非凡。我借助这些活动与他们建立了新的联系，并进入其中一家医疗中心采访。我的报道持续了数日，并在之后的周末报纸上占据了一整页的版面。

随着深入聆听那些身处逆境的女性的故事，我对拥有孩子的渴望越发强烈，更加坚信了生育的价值。同时，我也越来越庆幸自己能够顺利怀孕和分娩。年轻的法蒂玛使用的是美国卡曼负压吸管式流产，我目睹了整个过程。她不敢服用避孕药，说自己害怕变胖、脱发，甚至担心患上癌症——这些都是一位妇科医生告诉她的，而她深信不疑。这种情形恰恰揭示了所谓的医疗权威是如何控制女性生育选择权的。

经过漫长的等待，宝宝已经接近宫口，但仍需要些时间才能降临人间。

在手术室里，我最后一次摸了摸我的肚子。

温柔的微光透过窗帘唤醒了我和宝宝。小婴儿有一双黑眼睛，她用像天鹅绒般柔软的目光盯着我，睫毛轻轻闪动，不时地眨着眼睛。这是多么漫长而又值得期待的时刻！我的宝宝何等幸运，能够带着这份喜悦来到人间！

第二日，当护士将婴儿床推回育婴室后，我们在未经医生允许的情况下便沉浸在了欢爱之中。孩子已经健康地来到这个世界，快乐的感受比往常任何时候都要强烈。他沉醉其中，我也因激动而头晕目眩。

我们的家庭添了新成员，现在是三口之家了，或者更准确地说，是五口之家。在我用来写作的房间里，小宝宝的啼哭声和大孩子的泪水混作一团。

我所注意到的、听到的，以及在报刊上看到的一切，都促使我形成了关于混乱生活的个人见解。成熟，意味着我能评估自我与内心、自我与他人之间的距离，能对个人生活以及爱情的价值进行判断。

的确，爱是一场疯狂的冒险，它伴随着不被爱、不被需要、失去欲望的风险。帕特里夏曾经警告我，但我并未放在心上。

现在，与欲望保持距离的现实突然降临到我身上。这是否意味着也需要与爱情保持一定的距离呢？欲望和爱情在何种情况下才会相互关联？为什么人在分娩后欲望会减退？这些问题纷至沓来，强烈的压迫感让我几乎喘不过气。

每个星期二的傍晚是他在讽刺周刊的截稿时间，他在上面发表的故事和漫画充满了即兴的真实感和敏锐的才智，作品以无所顾忌、尖锐犀利的幽默揭示了人们日常生活的陈腐和愚昧，能够在引人发笑的同时犀利地批评社会与政治的荒诞。我凝视着他的作品，对他所拥有的非凡才能感到羡慕。他的漫画之所以魅力无穷，是因为他有着清晰的洞察力，同时还带着一丝天真。他那狂放的幽默完全征服了我。

然而，星期二的夜晚却是我最为厌恶的时刻。

他会在傍晚时分离开家。两个小女孩的卧室里，课本狂风乱舞般四处散落，尖叫声透过墙壁传来。小宝宝在哭闹，她到底想要什么？食物，安慰，还是一个温暖的吻？而我，最渴望的也是一个温暖的吻。第二天就要截稿，我却怎么也写不出文章。脑海中充斥着各种各样的词句，但一落笔就思绪全无，一切努力都化为泡影。每当我有了新想法，很快又会被脑海中的画面所击碎，无法集中精神。焦虑在我心中积聚，堵塞在喉咙，我感到自己快要窒息了。

思念涌上心头，我回想起他如何巧妙地为剧本画上句点。他创作的对白既精确又富有幽默感，他的确是个极有天赋的人，名副其实的天才。偶尔，当他开始滔滔不绝，虽然这种时候并不多见，我会被他的天赋所折服。然而五分钟后，他可能又会像个毫无头绪的莽撞青年。这正是他的魅力所在——才华横溢，也时不时任思绪狂舞。

每到星期二，他会像他的那些朋友一样，一边创作一边沉迷于放纵的生活，这似乎是他的一种本能。罗曼·罗兰曾说，放荡是对生命本源的亵渎。于他而言，放荡似乎亵渎了我们初次相遇时的那份纯真。

我为孩子们准备了晚餐，因为保姆要去和她的未婚夫约会。随后，我开始给小女儿洗澡，因为着急回去写作，我差点让孩子跌落在尿布台旁的地板上。我感到她柔软、有弹性的小身体从我手中滑落，她用充满惊恐的眼神直直地注视着我。

即使到了今天，回想那一刻时，我仍然能感受到当时的惊恐与绝望，依然记得那个小小身躯从我手中滑落时滞留的气息。

他工作的周刊社坐落在巴黎第五区一条狭窄的街道上，我曾在某个节日期间进去参观过。编辑部的墙上贴满了海报，其中不乏赤裸着的女性的图片，彰显着某种羞辱意味。墙上的涂鸦让人不禁联想到1968年“五月风暴”时期的标语，特别是那句广受赞誉的口号：“禁止一切禁止”。这里会聚了众多才华横溢的人物，但也不乏单纯追求享乐、金钱和名声的人。

在一个自由、毫无束缚、没有边界的环境中，往往滋生着混杂不堪、一团糟乱。那里色彩斑斓、欢声笑语，是一个宣泄的乐园，一群喜剧演员陶醉其中，享受着每个星期二夜晚带给他们的放肆与欢快。我在一次聚会上偶遇了一个天真无邪的女孩，她看上去毫无恶意，并向我描述了星期二晚上派对的热闹场景：大家畅饮香槟，随着夜色降临，气氛变得越发狂热。女孩们轮流与周刊社的漫画家和作家交谈，畅所欲言，掏心掏肺。酒精、男女、欢笑、陪伴……成为那个场合的主旋律。

在女孩与我分享她的派对经历之前，我已经意识到星期二晚上的截稿并不仅仅是一项紧张的工作。因此，每逢那天，从早晨醒来的一刻起，我就变得心事重重、坐立不安。但我决定将这种不安隐藏在心底，不跟他透露早上他离家时我心中的绝望。我多么希望拥抱他，将他紧紧搂在怀里，感受他温暖的气息，可我却只是静静地站在门后，直到女儿过来拉我离开。我常常会望着女儿们落泪。随后，夜色悄然降临，家庭主妇、母亲和记者的责任接踵而至。当这一切都告一段落后，我会在客厅里一阵踌躇，继续阅读我刚翻开的小说，或者翻阅报纸。

镜子前的徘徊终于结束了。我知道这毫无意义，因为他通常要到凌晨三四点才回家，而且他到家时的状态已无法辨识我是否想诱惑他了。

曾有一次，我犹豫不决，不知道是否应该去找他。为三个孩子准备完晚餐后，我花了许多时间打扮自己，反复涂抹眼影和口红，穿上了超短裙和低胸毛衣。但最终，当我又站到镜子前时，还是决定脱掉衣服，上床睡觉。我害怕自己成为别人的笑料。尽管我已经和他共同生活了四年，但我仍然感觉自己不够成熟。每逢星期二，我都难以入睡，时常噙着泪珠入梦，我无法忍受这种煎熬，但内心又无力抗争。

拒绝意味着离开他。逃离……这个混蛋，难道这不是在嘲笑我吗?

一天晚上，整个周刊社的同事都来到了我们家。门铃响起，宝宝的哭声也随之响起。我赶忙安抚宝宝，然后披上他送给我的那件黑色丝绸睡袍去开门。他和几个同事醉醺醺地站在门外。周刊社老板热衷于抽烟、剃光头、调情和酗酒，并以此"出名"，衬衫领子上还沾着一抹口红。他拉着我在屋子里疯狂地跳舞，我微笑着，随他引领舞步。接着，他示意其他人先离开。他们走到楼梯口，开始齐声唱歌。他自己则瘫倒在沙发上，一动不动。

另一个夜晚，我想带着宝宝离开这里，我用毯子将她紧紧地包裹起来。出门前，我去厨房为孩子带了瓶水。她眼睛睁得大大的，好奇地观察着周围。我正忙着旋紧瓶盖，她的目光突然转向门口，我也顺着她的视线望去。小妹妹穿着睡衣站在那里，金色的卷发遮住了她的眼睛，瘦弱的小腿露在外面，静静地看着我们。

“你为什么要穿上外套，还要抱着宝宝呢？”她问。

她走过来爬到我的腿上，在我身上蹭来蹭去，她的身体柔软而温暖，眼睛虽带睡意，却炯然有光。

“你知道我爱你。”她轻声说。

她闭上眼睛，依偎在我的腿上沉沉睡去。我轻轻抱起她，走进卧室，将她和另一个孩子轻放在床上，她们紧贴着我的胸膛，一起进入了梦乡。那一刻，我感到踏实平静，心中泛起了涟漪。

明天，以及明天的明天，似乎写满了悲伤。我发现自己越来越难以坚持下去，继续扮演生活中的各种角色变得困难重重。我逐渐意识到，那些重新萌发的欲望开始消退。我对此异常好奇，不断地分析、反思。我即将迈入三十岁，与我一同生活的他倡导性解放，是他引导我逐步摆脱了禁欲的束缚。然而，一种无声的怨恨开始在我心中积聚，慢慢地在我和欲望之间筑起一道隔墙。

我不禁自问，我对他的爱究竟到了什么程度？

无论是好是坏，星期二的夜晚都让我恨之入骨，直到那家周刊社最终停业。20世纪80年代，人们崇尚西装革履、戴黑框眼镜，嬉皮士风潮[1]席卷而过，金钱成为新的信条。那家曾经热衷于1968年的流行理念、以讽刺为卖点的周刊开始摇摇欲坠，失去了大量读者。与此同时，由于管理不善和财务造假，周刊社走向了破产，它主办的充满讽刺和色情内容的周刊也不得不宣告停刊。

顺便提一句，与1968年那些坚定的“老斗士”相比，著名的“嬉皮士”出现得快，消失得也快，而那些“老斗士”在十年后却再次集结，使得周刊得以复刊。20世纪80年代，这些人散落到其他的关联机构，曾经的热情和那些几乎疯狂的派对，如今也只剩下醉酒和狂欢的碎片记忆，一切都变得支离破碎。

---

1 强调自由、性解放和反战等主张。——编者注

棋逢

对手

婚姻生活犹如汪洋大海，潮起潮落，波涛拍岸，既有狂风骤起，也有暴雨倾盆。在海面平静之时，人们可以随波逐流，享受微风的轻抚，仰望蔚蓝的天空，欣赏洁白的云朵，沉醉于超然的宁静和美景。然而，大海也会不时地毫无预警地翻腾，海浪起伏，波涛怒吼，白沫四溅。我们或被巨浪抛至浪尖，或被甩入波谷深渊，听任海浪摆布，在冰冷的水雾中迷失方向，手足无措。但终究，狂风会驱散乌云，海面逐渐恢复平静，远方传来海浪的喃喃低语，我们重新扬帆起航。无人能够完全躲避风浪，哪怕是最幸运的航行者也难免遭遇挑战。但即便面对突如其来的困难，对生活的眷恋也会让我们勇敢前行。

我们抵达港口，开启了一段看似幸福无比的航程。然而，在接下来的几年里，我们这对夫妇却不断地遭遇着危机与麻烦。

无节制的诱惑和性感都无济于事了，当我开始觉得这一切荒诞不经时，才惊觉他的作品中充斥着对女性的轻蔑和侮辱，一种彻头彻尾的厌女症。我为什么没能早些察觉到这一点呢？难道是因为我被自己的情感所蒙蔽，被那种不惜一切代价想要取悦他的强烈欲望所左右？显然，我对这些视而不见，选择了接受，甚至进入一种平静无忧的生活状态。

一天，我为报社撰写了一篇关于女权运动的报道。编辑安排我采访一位女士，她刚离开巴黎的一家医院，此前她与男伴同居，长期遭受残酷虐待。我仍然记得她的样子：她看起来像是一个“年轻的老妇人”——乌黑的头发，漂亮的黑眼睛，但肤色却暗淡无光，眼角和嘴角的皱纹刻画出她所承受的痛苦与不幸。男伴长期对她实施暴力，甚至残忍地将漂白剂注入她的阴道。她也曾试图反抗，却遭到殴打直至失去意识，最终是那些可怕的灼伤所引发的剧痛才使她从昏迷中惊醒过来。

她向我倾诉自己的不幸遭遇，声音沙哑而单调，讲述断断续续，时而沉默，时而爆发，描述着她的惨痛经历。她遭受着日复一日的折磨、痛苦和虐待，但她一直默默地忍受着。在离开房间之前，我轻轻地亲吻了她，表达我的支持和声援。

她紧紧抓住了我的胳膊。

“不只是我一个人……请把这些全都写进你的报道里，还有许多女人正在遭受同样的折磨和侮辱，把这些都写下来，让所有人都知道……”

事实上，每十个女人中就有一个是家庭暴力的受害者。她们遭受的心理创伤往往比身体上承受的暴力更具毁灭性。

在一位女权倡导者的邀请下，她同意与我共进午餐。她的话语，她的目光，我都铭记在心。面对这位遭遇不幸的女性，我感到一种深深的愧疚——因为我曾对那些贬低女性的行径视若无睹，甚至因那些苦难并未降临在我身上而暗自窃喜。我的身边大男子主义盛行，而我却置若罔闻，甚至还略带微笑，不是吗？我深知，尽管我极力抗拒，但在很多时候还是不得不屈服于与他的性关系。这样的认知让我更加自责，备感无力。当其他女性承受苦难时，我怎么能以轻笑回应嘲讽女性的玩笑呢？有何可笑之处？我怎么能笑得出来！

自那日起，我与女权组织的联系日益紧密。我们并肩工作，共同探讨，揭露职场上对女性的歧视，例如某些职位的性别禁区；关注家庭暴力，包括婚内强奸、性侵犯，甚至是酷刑等。很多妇女齐聚协会办公室，将她们的心声写在纸上，装入瓶中投向大海。得知她们的行动时，我被深深触动了，并意识到我们必须振奋精神，打破心理枷锁，摒弃屈从的态度，为男女平等而奋斗，这至关重要。征途漫漫，但只要我们每个人都开始在自己的家庭和社交圈中实践新的准则，我们就能逐渐积聚起改变现状的力量，争取到宝贵的时间。

我与他讨论了这个问题，他的默认让我们之间的关系终于达到了平衡。

那一刻，历史的洪流似乎在我身上留下了成熟的印记。如若不然，我可能还需要漫长的岁月，才能从“金发小姑娘”的顺从和迷茫中挣脱出来。

从那时起，我在女权运动总部度过的时光远远超过了在那个他绘制漫画的公寓里。在那里，我似乎从一个襁褓中的婴儿成长为一个天真烂漫、想象力丰富、依赖性强的小女孩；也正是在那里，成长中的我在痛苦中蠢蠢欲动，渴望着展翅高飞。

我们接待来访女性的办公室虽然又小又潮湿，但旁边的茶水间总能为她们提供一杯温暖的热饮。通过倾听她们的故事，我的生活轨迹被彻底改写了。她们的生活境遇比我艰难得多，恐惧更加强烈，懦弱更为显著，顺从更加沉默，压力更难承受。幸运的是，她们都怀有结束这一切的强烈愿望和决心。我为她们而战，同时也是在为自己而战，这场斗争是我与过去自我的一场较量。

他在我身旁，倾听着、学习着、理解着、感悟着，他的赞同和支持如同温暖的阳光。他与我并肩参加示威游行，骑在父亲肩上的六岁女儿见证了五彩斑斓的人群和她们的呼喊，她也很激动，甚至跟着一同欢呼，女权主义的口号在她嘴里流畅如歌。

有时，他还会为我所支持的协会报纸撰写文章，绘制插图。我承认，每当我请求他这么做时，心中总会掠过一丝忧虑，担心他的笔触会走向挑衅。幸运的是，这些文字和画作未曾触及我的底线。

然而，命运似乎总爱开玩笑。我偶然瞥见了他发表在一家周刊上的作品——一幅充满厌女情绪的漫画，内容充斥着恶意、快感、戏谑和粗俗。他用这种方式向我表达，他觉得我们之间的不平衡关系已让他的生活变得日益复杂。

自那时起，我开始将自己的生活置于他的生活之上，我的工作优先于他的安排，甚至偶尔将女性间的友谊置于爱情之上——最后一点，其实我早已深有感悟，因为我曾轻率地认为我对爱情的理解已经深入骨髓。我经常举办聚会，将新结识的女性朋友们召集在一起，我们的三个女儿，还有他都在场。我正逐渐接近一种全新的幸福——一种需要与命运的轨迹相交的幸福。

他继续在一旁观察我，对我的频繁缺席，他从未有半句责备；对于我在演讲中所传达的理念，他给予了支持。在这段时间里，随着我对阅读的投入、对女性主义的深思以及我所获得的新知，我的行为逐渐演变成了一场对大男子主义的宣战——不仅如此，这更是一种强烈的控诉，控诉那些我无法容忍的陈规陋习、闲言碎语、极端行为和粗俗言辞。我曾希望成为一名反叛者，却在过去让自己陷入了压抑，如今我终于得以重生。他对此保持沉默，从不提及。相反，他会以一种默许的姿态，通过这样或那样的漫画作品进行微妙的“报复”。

他以这种方式支持我，使我能够更自由、更充分地享受生活的乐趣。我沉醉于和“战友们”所引发的风云激荡，也沉醉于我们取得的胜利之中。我们见证了一个又一个坚固堡垒的崩塌，一道又一道紧闭大门的渐渐开启。激起争议至关重要，因为正是这些争议击退了所有的顽固势力。看到我们的行动，他不禁发笑，但在我面前，他总是支持我，与我共享胜利的喜悦。然而，当他独自面对一张白纸时，他的笔尖却勾勒出了另一番景象：因性伴侣的无能而未能达到高潮的歇斯底里的女性；百依百顺任由男性摆布的丰臀小女人。在男权主义者眼中，爱就是顺从。

他的行为确实揭示了他的男权主义倾向，这个词在词典中的定义通常与性别歧视相关，它涉及女性的绝对顺从，换言之，就是男性的控制欲。

他在电台上公开宣称：“我只用画笔欺骗我的妻子。”尽管这样的言论可能带有某种戏谑成分，但我仍然觉得难以接受。

尽管他因我的影响，在某些方面表现出了观念上的转变，但他似乎仍然想要公开表明他并不完全认同男女的平等关系。事实上，私下里他的观点确实发生了改变，并且一直保持至今，我不应该过于苛责。

我不会将他视为敌人，也不会认为他在嘲笑我。因为我没有屈服的倾向，我坚持自己的信念和斗争，不会因为他态度的改变而动摇。

那段时间，他为《愚蠢与恶毒》月刊创作了一个有关女性角色的故事，这对于理解我们当时的关系颇有助益。故事情节是这样的：一位妻子被控诉用锤子砸碎了丈夫的头颅，在接受审问时，警察要求她对自己的行为做出合理解释，并抛出了一连串的问题：是否遭受了家暴，是否不愿与丈夫进行房事，是否不快乐。她回答："都不是！"

警察追问："那你为什么要这么做？"

"因为他阻止我成为自己。"画中的女性如是回答。

那位警察，作为一个典型的男性，无法理解她的答案。

“我想成为一个女人，但不是他的女人。”

他的直觉有时确实非常敏锐，能够一针见血地指出问题的症结所在。与他笔下的女性角色不同，我内心并不排斥成为他的“全职妻子”，他的占有欲也从未让我感到困扰。然而，我坚持要成为一个完整的女性，一个有自己想法和追求的女人。

回顾过去，我并不认为有什么值得后悔。将胸罩扔进水沟、对那些阻碍我们前进的人发起“突击”、参与震撼世界的示威游行、面对起诉……这一次次的维权行动反而成为我眼中最珍贵的经历。在那些日子里，我积累了反抗的实践经验，并且理解了反抗的辩证法。

在我们的关系中，一个悬而未决的问题始终困扰着我：为何我对这个男人的欲望和爱意会因为我所谓的“他的背叛”而起伏不定？面对背叛，我拒绝奉献，尤其是我的身体。然而，那些被我视为背叛的行为，在他看来不过是他职业生涯中不可或缺的“花絮”。

简言之，我的情感在欲望的高峰与低谷之间摇摆，有时甚至会陷入平静无欲的状态，这种矛盾心态反而使得每一天都显得崭新而充满体验。在这样的爱情关系中，生活永远不会乏味。我们所恐惧的是一头名为“无爱”的可怕野兽，它可能会在某一天悄无声息地闯入我们的生活。

海上的船只在狂风巨浪中会摇摆不定，我们必须更紧地握住船舵，确保船只在汹涌的大海中继续前行。我感觉自己刚刚与一个令人厌恶的敌人交战，并取得了胜利。

从我们初次见面时的羞涩不安，到如今我已经成长为他眼中的坚强女性，他将如何应对我的变化?

时间将揭晓答案。

梦想与现实

婚姻中仿佛总有敌人存在，这些敌人始终潜伏在夫妻关系里，并不时地向你发起挑战。

他曾是一个没有信仰的人，不信神，不信灵，对于政治上的左右派立场也持怀疑态度。尽管1968年的革命让他声名鹊起，为他赢得了社会地位，但他依然从里到外都是一个无政府主义者。他在索邦大学前扔石块的行为就是最直接的证明。

然而，随着时间的流逝，他竟然找到了自己的信仰。

变故意外地降临，令我困惑不已，不明白究竟发生了什么。一天晚上，我们与一些他希望我结识的新朋友共进晚餐，一位是记者兼小说家，另一位是出版商。他们都受过良好的教育，极具风度和幽默感，对生活充满热爱，而且彼此间似乎相敬相爱。至少在那个夜晚，他们给人的印象是这样的。宴会的主人是一位研究司汤达的专家，他为我们朗读了司汤达主要作品中的精彩片段。他那深邃的蓝眼睛、与之搭配的衬衫，以及那银白色的鬓角，构成了一幅充满魅力和诱惑力的画面，我不禁为之动容。

“你觉得这个人怎么样？”他问我。

“令人折服！”我回答说，“太有魅力了！”

“你说得没错，他确实令人惊叹。我很喜欢他。”

第二天，他在《人道报》的头版上发表了他的第一幅政治类漫画，这家报纸的主编就是邀请我们共进晚餐的人。就这样，他一跃成为该报的首席漫画家，同时，他仍旧为讽刺周刊撰稿。这两种截然不同的合作关系所引发的化学反应越发激烈。一个从事创作的人，他的内心究竟在想些什么？经历了怎样的变化？

有一段时间，我努力去理解他的新选择。正如哲学家阿兰在《论幸福》中所探讨的，我也在寻找能够解开心结的那根“针”。我试图弄清楚，在我对他的反抗中，哪些行为是具有破坏性的，哪些可能激发我们之间的矛盾。

我希望有一个理想天国，在那里人们不会被权力腐蚀，不会被金钱侵蚀，他们彼此平等，理性和正义占据上风。实际上，几个世纪以来的思想家早已描绘过这样的愿景，柏拉图便是最早讨论乌托邦的哲学家之一。然而，这种概念似乎只存在于哲学讨论中，正如我所爱的那个人在谈及他的新朋友时所提到的，这在现实生活里难得一见。

我不愿意在这个问题上纠结太久。因为，在它所谓的深奥背后，隐藏着无数人的死亡和看不见的血泪。对持不同观点的人所犯下的罪行、对人质的枪杀、一道道处决令的颁布，没有人能够对这些罪行视而不见，这是反思想罪，反文化罪。

一方面，我的漫画家坚持自由和多元的价值观，所以他对任何形式的压迫和文化单一性感到反感。另一方面，他也在反思和批判自己的立场，以及这些立场该如何与他所面临的政治现实相协调。他在探索如何在坚持个人自由的同时，还能对抗那些试图限制思想自由和文化多样性的意识形态力量。

我的他，难道是在试图忽略一切，以此开启一场比支持社会党更为挑衅的冒险吗？我察觉到，或许是出于对真相的拒绝，他常常会在无知的状态下做出一些行动，坚定地认为梦想是有可能实现的。他的梦想，无疑是营造一个全民共享的公正社会。

我试图理解，为什么信仰的力量似乎站在了他们而不是我们这一边。这里的“我们”指的是那些试图让他回归理智的人。他的朋友们，无论是早期的朋友、后来的朋友，还是因他而失望的人，或是他的敌人，都成了他尖锐批评的对象。我在报纸上读到了关于他的文章，还有那些写给他的尖酸刻薄的公开信，满篇都是对他的强烈指责和超乎寻常的嘲讽。1979年，一位社会活动家在《解放报》上发表了一篇文章，他表示想“看看抽屉里的东西，但抽屉里的东西让我望而却步”。这是可以理解的！他提醒人们记住《解放报》创始人让·饶勒斯[1]的名言：“勇气在于寻求真理并把它说出来。”

在电视节目《撇号》中，主持人提出让他与《解放报》的社长进行辩论，这场辩论将是两位忠诚的“戴高乐派”的正面交锋。然而，其中一位回应道：“还是算了吧，你虽然为《解放报》工作，摆脱了原有的身份，但你不可避免地已经融入了某种道德秩序，这种秩序必然会对你的立场产生影响，你的行为已经证明了这一点。你在自证自明，我既不理解也不赞同这种做法。”

---

1 法国政治家，社会党领导人之一。——译者注

我和他们一样，既不理解也不赞同。我独自一人坐在扶手椅上，面对电视屏幕，泪水不禁涌出。我悲伤的原因是，我尊敬的人在对他进行攻击，而他在辩护时所选择的论点并非出自本心。我不愿意相信这一切。我有一种预感，他正面临着来自他人和自身的双重危机。他本不应该选择站边，在那一刻，我对他产生了一种前所未有的深情。

一个幽默家不应有阵营，否则他就失去了幽默家的本质，他唯一的选择应该是与智慧为伍。正如《解放报》的编辑所说，这种智慧通常需要通过“挑衅”来表达，但现在，由于他的自证自明，这种智慧似乎已经失去了光环。

在这种情况下，我发现自己无法像他支持我投身女性事业那样去支持他。我曾以为，我已经让他接受了前卫的思想，然而他发表的却是些过时的宗派主义观点，这样做无疑冒着巨大风险。未来不会为此唱赞歌。

几个月后，一家报纸邀请他前往莫斯科，我决定陪他一起。在出发前的几周里，我一直犹豫不定，不知道是否应该跟随他踏上这趟冒险之旅。最终，我决定亲自去看看。

这趟旅行并未让我失望。

七月的一个清晨，我们在报社的办公室里参加了一场会议。那房间更像一个讲堂，大约五十名男记者围坐在一张长桌旁——女性们显然都忙着在街上打扫卫生——而我们，他和我，被安排坐在高高的椅子上，几位政府官员陪坐在旁。他们无甚表情，身着20世纪50年代风格的西装，领带笔挺，嘴角挂着几缕僵硬的微笑。当然，我们身边还有一位不可或缺的翻译——一名忠诚的特工，只翻译她认为合适的内容。气氛沉闷得就像在一个小教堂的穹顶下，人们偶尔发出几声窃窃私语。突然，门开了，总编走了进来，记者们立刻齐刷刷地站起来，这种场面我以前从未见过。总编讲话的声音低沉，几乎不带任何停顿。他在说些什么？应我的要求，翻译告诉我："这将是一条社会新闻，很可能会成为第二天报纸的头版头条。"

她的表情僵硬，我的要求显然让她有些措手不及。那个身着深色西装站在中间的人，他长达二十分钟的独白，从语气来说更像是一场宣讲，而不是即将刊登上报的文章。至于那些记者，没有一个人站起来提问。

我们不能参观编辑室，也无法与编辑们面对面交流。我们被引导至负责人办公室，一位管理读者来信的经理在等我们。他准备了一些信件和多少具有代表性的文件供我们阅读。读者是国家真正的公民，通过他们的信件，我们可以窥见赞美和阿谀奉承背后的恐惧。然而，负责该部门的人向我们展示的却是来信者的满意与愉悦。

我们刚一踏出办公室，他便转向我，眼中闪烁着一丝调侃："很有意思吧？"

"嗯，可以这么说，确实很有意思！"我回答得既干脆又轻松。

他不动声色，但目光却充满了惊讶，仿佛在审视我。

在莫斯科街头漫步时，那位翻译寸步不离地跟着我，却无法遮蔽我眼中所见的现实。人们排着长队，等待数小时，只是为了换取一颗土豆或一块面包。那位在马雅可夫斯基站[1]擦拭大理石的老妇人，她的劳动能换取多少报酬？我们无从知晓。

这些只是我私下的思考，并无他意。在这里，我没有任何权利，甚至连询问这个国家避孕情况的权利都被剥夺了。翻译告诉我，我不是作为“受邀嘉宾”出席的，而是作为他的“陪同”，因此她没有义务回答我的问题。我根本不指望从她那里得知任何真实的信息，更不用说了解这里女性生活的现状或两性关系了。翻译的解释冗长而乏味，透露不出任何实质性内容。

一整天下来，浑身疲惫，我们回到了专为外宾准备的友谊宾馆。我感到精疲力竭，而他，作为尊贵的客人，却似乎精力充沛。他们不断地送来伏特加，他欣然接受，一杯接一杯地饮下。而我却将酒悄悄倒入那些随处可见、造型简陋的花盆中——那些花盆里的花为何总是那般不堪入目呢？

他对一场接一场的欢迎致辞表示感激，一天之内，他要重复五六次几乎相同的仪式。经过两天不间断的访

1　莫斯科有很多地铁站以俄国文学家的名字命名，其中最著名的是马雅可夫斯基站，被称为莫斯科最美的地铁站之一，曾在 1938 年纽约世界博览会上获得大奖。——编者注

问和会晤，他告诉我他已经“适应”了这种节奏。

“这次旅行对我来说还是有收获的，我学会了如何发表演讲和举杯祝酒。”他说这话并非玩笑，这位受到优待的贵宾是真的兴奋。我知道，也能感觉到。从他的眼神中，我读出了他对这一切的喜爱——对祝贺、交换礼物、祝福以及被认可的欢愉。

这位画风激进、常有神来之笔、作品充满煽动和挑衅的艺术家，这位即使在桌角也能随手涂鸦出作品的素描大师，这位《我只想这样》一书的作者，这位吸引我的、我疯狂爱恋的男人，面对新权贵的奢华款待和甜言蜜语，却变得沉默。

我亲眼所见，亲身经历。这一切，都是我的所见所感。

在友谊宾馆的房间里，躺在那张吱嘎作响的弹簧床上，我变得如同一尊大理石雕塑般冰冷。我的声音无法穿透沉默，身体僵硬得如同失去了生命体征，持续不断的爱抚也无法让我的内心升温。我拒绝伪装，因为虚假的激情是对真实的背叛。我的欲望已然消逝，我为它和我的幻想一起举行了葬礼。

我们随后又踏上了圣彼得堡，这座璀璨夺目的城市让我感受到了重生。新来的导游兼翻译比之前的那位更具魅力，更加热情，她知道如何在这座城市的光影中谨慎地引领我们前行。当我们在冬宫[1]里面对只在精美图书中才能一窥的艺术杰作发出惊叹时，她懂得退到一旁，让我们沉浸在优美艺术带来的震撼中。他的手绕过我的肩膀，而我则紧紧搂着他的腰。我选择沉默，因为我更愿意聆听他对这些绘画作品的见解，他懂得如何用精准的语言捕捉艺术家的情感。我们在弗拉戈纳尔的《偷吻》[2]前驻足良久。他向我解释说，尽管这位法国画家并不具备优雅和气魄，但他对其作品心仪已久，认为这是“法兰西流派”的典范之作。他对每一个细节——女主人公的目光、她随意搭在肩上的披肩、衣物褶皱中塑造的形体，以及那位诱惑者侧影的精妙角度——都有着独到而敏感的见解。平时不多言的他，在这一刻变得如此健谈，与我分享他的

1 俄罗斯国家博物馆“六宫殿建筑群”中的一个宫殿，坐落在圣彼得堡宫殿广场上，原为俄罗斯帝国沙皇的皇宫。——编者注

2 法国画家弗拉戈纳尔创作的布面油画，描绘了舞会上一名男子溜到侧室与情人仓促接吻的场景。——编者注

感悟。博物馆内游客稀少，仿佛只剩我们二人。我凝视着他，心中充满了爱意。

随后，我们参观了其他展室，翻译滔滔不绝的讲述令我们沉醉于现实主义画家的作品之中，她对这些画家赞不绝口。

“妙不可言！”他惊呼。

在看到他对那些作品的非凡领悟力和作品本身令人难以置信的喜剧效果时，我不禁轻笑起来：“一位特殊时代的斯达汉诺夫[1]式工人，成为相关绘画的经典范例。”他察觉到了我话语中的讽刺意味，愤怒地反驳：“你要毁掉我的旅行！”

这并非我真正的意图。我选择了沉默，无话可说，而翻译则一直关注着我们之间这场微妙的交锋。我将他们留在那些充满时代特色的夸张作品之中，独自一人前往印象派画作展区。后来，当他们找到我时，我们之间的紧张气氛已经随风而散。

1　苏联矿工，在 1935 年创造了惊人的劳动生产纪录，被宣传为生产英雄，并以他的名字命名了一场运动，旨在鼓励工人超额完成生产任务。——译者注

回到巴黎后，关于这趟旅行中产生的问题如潮水般涌来。我曾梦想自己能拥有喜剧演员的天分，表演一个能让他人目眩神迷的角色，而不是真实的我——脸上写满了失望与苦涩。我与帕特里夏分享了一些旅途中的细节，包括我所称为的“欲望的小死亡”。

自始至终，我滔滔不绝地谈论自己，谈论他，谈论我们在旅途中的经历。帕特里夏静静地听着，偶尔摇头表示不同意。突然，她的泪水沿着脸颊滑落。

“他爱你！”她说，“他是在帮助你成长，而不是摧毁你。他想让你对自己的吸引力感到安心，他并没有在你们之间建立起施虐与受虐的关系……所以，你应该明白，你对他政治立场的那些小小责备……”

我对她激动的语气感到惊讶。

帕特里夏继续说：“我和一个男人相处了七年，得到的只有痛苦的记忆。你能理解我为什么会对你的话有这样的反应吗？因为我身边只有一个从未说过我漂亮的男人！”七年里，她一直缺乏安全感，最终在一个被泪水淹没的圣诞节找到了答案。12月24日，她一整天都在忙碌，准备着和丈夫共度平安夜的事。他到家后把带回的包裹随意放在了门口。她环视四周，目光游离在他和那些包裹之间。

“看看，这些都是我给自己买的。”他说，“一件、两件、三件、四件，这些都是送给我自己的圣诞礼物。你觉得怎么样？”

听他的语气，并不是在开玩笑。

帕特里夏决定了，她要离开。就在她整理行李的那一天，她那位装模作样的丈夫在餐桌上留下了一张纸条，上面写着：“我们必须分开，因为我们深爱着对方。”

这句话如同一股刺骨的寒风，将她收拾行李的兴致一扫而空。

在我前往苏联的那段时间里，帕特里夏已经开始办理离婚手续，但她的丈夫拒绝签字。我能感受到她对我那时说的话有些愤怒，她的倾诉让我意识到，我们夫妻之间的不快或许也能以同样的方式被淡化——通过理解和空间。

爱情就像一场精心编排的戏剧，为我们每个人——他和我——预留了足够的空间。在这个空间里，我们可以自由自在地克服困难，规避陷阱，开辟出一条属于自己的生活道路。这是一种成熟的爱，它不是束缚，而是一种让彼此成长的力量。

1981年，以弗朗索瓦·密特朗[1]为首的社会党在法国大选中赢得了胜利。在起草纲领的过程中，他一直四处奔走，献计献策，忙着绘制草图和漫画，用笔触勾勒未来的蓝图。他的这些行为并未带来什么麻烦。

然而，后来发生了一件大事。几个同一阵营的盟友当上了部长，进入了政府机构，于是《人道报》编辑部主编立刻做出了回应：“从现在起，漫画中不得再攻击社会党。他们现在是我们的盟友了！”

那天晚餐后，他一直沉默寡言，心事重重，对我提出的问题或闪烁其词，或避而不答。我理解他的沉默，平日里我甚至为之倾倒。但这次不同，我感到一丝不安。越是这样的时刻，我对他的爱意就越发浓烈，我想要守护他。他不自觉地舔着上唇，眼神飘忽不定。这些细微的动作透露出他正被某些事情困扰，

1 法国政治家，法兰西第五共和国第四位总统。——编者注

陷入了窘境。

如果不略施小计，不借助女性的魅力，我也许永远无法窥探到事情的真相。我轻巧地坐在他的扶手椅上，将脸颊贴上他的肩膀，轻吻他的颈侧，然后自然地滑入他的怀抱。他喜欢我这样做，这是我在“金发小姑娘”时期常玩的把戏。

他向我透露了一个决定，“你知道吗，我感觉自己失去了自由！”

他跟我讲了与《人道报》管理层的谈话过程，倾诉了自己的失望，以及在回家路上不断徘徊在脑海中的那些念头。我轻声告诉他，他太天真，太容易相信人了。

“你常常是对的，不，你总是对的！”他承认了我的观点。

我们相视而笑。

“你总是正确的，这有时让我感到不安，但我还是要感谢你。”

他将我拥入怀中，我们还没来得及到床上，就已经紧紧地结合在一起了。

第二天吃早餐时我们聊了很久，试图厘清当前的脉络。

“社会党上台了，我不需要再那么尖锐了。”他似乎为自己的未来定下了一个温和的基调。

然而，我知道，1981年5月8日密特朗宣誓就职的那一刻，他是多么亢奋。他深知，自己的幽默只有在瞄准真正的敌人时，才能迸发出致命的力量。而那些敌人，就在右翼中。

“其实……你在《人道报》的工作并没有给你带来什么益处，你辜负了那些信任你的人。”我提醒着他。

“我没什么可后悔的。”

突然间，我脑海中浮现出前往他的祖国波兰的那次旅程。我们的导游一大早就已经几杯酒下肚了，他蓄着胡须，头戴一顶贝雷帽，脚蹬一双旅游鞋。1968年，导游正在索邦大学求学，身处革命的旋涡之中。他对《狂人报》上的漫画作品有着近乎狂热的迷恋，对我丈夫的才华无比敬仰，甚至可以说是为之倾倒——我与丈夫的相遇也正是在那个时期。波兰当时已被苏联控制，自由成了奢望，反抗的火种也被无情压制。这位1968年“五月风暴”时期的革命者从报纸上得知，他最崇拜的漫画家竟然进入了《人道报》工作，感觉自己被出卖了，失望之情溢于言表。当他获知波兰政府向我们发出了邀请后，便主动提出做我们的向导，目的无他，只为探究背后的真相。

在波兰的两周时间里，他陪伴我们走遍了那片土地上的每一个角落。我们不曾对他解释什么，他便时不时地对我丈夫冷嘲热讽。

“你是怎么忍受和他一起生活的？”他问我，“反正我是做不到的。背叛，这可不是小事。”

“这得看为什么背叛！”我对他说。

我清晰地记得我为何会这样回答那位导游。我所爱的男人之所以选择了“背叛”，是出于对友谊的尊重，对忠诚的坚守。

不爱他，

但爱
他的爱情

时间是否能够见证爱情真实与否?

在我们共同走过的十年婚姻生活中，他已成为我生命的一部分，是不可或缺的伴侣。他在写给我的“给妻子的公开信”中坦言，若无我在侧，他将堕落为一个粗鄙、不洁之人，沉溺于酒精之中。然而，这种设想太过荒唐，缺乏说服力！我更倾心于他在信的最后一段中的表白：“我为何要写下这封公开信？或许是因为我已经到了该盘点自己人生的年纪。我不再年轻，但亦未终老。我面前的岁月仍充满彩虹，我打算尽情享受。你是这些年华中不可分割的一部分，这让我感到无比幸福。”

他还提到：“如果你能像大多数女性那样，稍微虚伪一点，俏皮一点，顺从一点，我的生活也许会轻松许多。”

但我心如明镜，我永远做不到……顺从！

而帕特里夏，她又一次屈服了。这是她的第二次妥协。

离婚后，她的生活中出现了两段短暂但狂热的恋情，一次是与一位摩洛哥医生，另一次是与一位非洲人。用她自己的话来说，那是她生命中“轻浮”的两年。出于一种难以言喻的动机，她决定再次步入婚姻的殿堂。她解释说，这次的婚姻更像是一场挑战，而非纯粹出于爱情。她的新伴侣，一个与她前夫一样复杂扭曲的人，也是她第一次婚礼上的伴郎。他一直对帕特里夏有好感，不时地向她表示关心。听闻她离婚的消息后，他像一位不屈不挠的战士，坚定地追求她，自那以后，便再也没有放手。

她又解释道：“这个故事中的一切，似乎都与我无关。是他为了与我在一起而不择手段。并非我选择了他。”

难道她没有说出“我愿意”吗？

“我并没有真正爱上他，我追求的是爱情本身。”她坦言自己的真实感受。

这位才华横溢的职业女性，在34岁时便已担任整个儿科病房的管理工作，她在职场上十分成熟、能力非凡。然而，在生活中，她的行为却透露出一种令人费解的幼稚。我一直在寻找答案，却始终无法找到。

失望再次降临。她所期待的未婚夫——并非她自愿选择的那位，后来变成了让人生厌的丈夫。她这样描述他：“自私自大，变态愚蠢。”她说自己从未预料到他会沦落至此。我感觉得到，她内心深处隐藏着一种挫败感，似乎已无法修复。

一天晚上，她科室的同事打电话给我，说她因宫外孕紧急入院，预计将在次日接受手术。我立刻前往医院探望她。我们还没单独相处多久，那个男人就嚷嚷着闯入病房，我注意到她的脸色一下子苍白如纸。她介绍我们认识。从他那充满嘲讽的眼神中，我能感觉到他对我并无好感。他是一个“极左分子”，一个典型的大男子主义者，他肯定会对我丈夫在政治上所谓的“背叛”表示谴责。

这个人高大魁梧，他在房间里踱来踱去，让我感觉整个房间仿佛都被他占据了。突然间，他用力地拍了一下桌子。

“你看看，她连个孩子都生不出来！”

帕特里夏的呻吟声从唇间逸出，她缩进了床单里，整个人似乎都瘫在床上。我急忙冲到她身边，而那个男人却用一种猎人看猎物般仇恨和贪婪的目光盯着我们。就在这紧要关头，一位护士正好进来查房，她的出现让我们得以暂时回避这尴尬的局面。我轻吻了我那可怜的朋友，向她告别，随后便匆匆离开病房，也未向那蠢人打招呼。

那一幕在我心中掀起了波澜，让我久久难以平静。帕特里夏可能需要漫长的时光才能将这段记忆从脑海中抹去，但这恐怕是一笔永远无法清除的心灵债务。

维奥莱特是一个二十多岁的年轻姑娘，我曾帮助过她，她也有着类似的遭遇。在开庭审判强暴她的那几个人期间，我将她安置在家里的保姆间暂住。审判的结果是，那些施暴者被判有罪。这些人曾是她的同窗，他们都来自比利牛斯附近的小镇，这几个恶徒竟轮奸了她。

像帕特里夏和维奥莱特一样，还有许多人无法从她们的噩梦中挣脱，比如卡特琳，她对丈夫既忠诚又憎恨，常常陷入困惑。她的丈夫成了议会议员，她则需要继续做他的得力助手，或如她所言“他的替身”，尽管“替身的存在和重要性无人理睬”。她不愿自己和丈夫的关系仅仅局限于这种职场上的合作，还希望在他的生活中占有一席之地。这位政客颇具魅力，但他只沉迷于自恋和笼络选民，因此她感到不安，忍无可忍。而他，像许多男性一样，对这种“安排”乐在其中。

美国女性运动的旗手贝蒂·弗里丹[1]来巴黎参加一本书的发布活动时，我与玛丽在一场会议上相识。玛丽是一位社会学家，言语中透露着对自己感情和生活方式的质疑。

“迄今为止，我的经历究竟是牺牲还是挑战？”她自问。

玛丽嫁给了一位才华横溢的男人，她很仰慕他。初遇时，他还是个一心向学的书生，正如卡特琳的丈夫一心投身政治，他也怀揣着事业有成的梦想。男人，似乎总是爱情的缺席者。在他埋头撰写论文期间，玛丽中断了自己的学业，转而成为一名教师。是他决定要孩子的，然而当孩子降临人世后，他却变得

1 美国当代女性运动家、社会改革家，推动美国第二次女性主义运动，被誉为“解放所有家庭主妇的家庭主妇”。——编者注

手足无措，仿佛丢了魂。而玛丽却全力以赴地支持他，成为他的考前辅导员，帮助他通过考试，同时还要照顾孩子、打理家务、挣钱养家。她仍对他怀有敬意，百般迁就，但她心知肚明，自己签下的是一纸“死亡令”。他一毕业，尽管那时他们的第二个孩子也已经降生，他还是走了，去寻找新的爱情。

我与玛丽正相识于她生命中的这一转折之时。她感到迷茫，难以抉择。她反复强调：“爱情不是母爱！或许我应该明白这点。”这似乎意味着，她曾以一种慈母般的爱去爱一个男人。

玛丽试过向母亲倾诉，寻求她的建议，结果却是徒劳。她的母亲事先明确表示过，如果玛丽离开那位杰出的学者，她将陷入孤独。当玛丽向我转述她母亲的反应，以及她们之间不和谐的关系时，我不禁想起了卡特琳，她与母亲的关系也是以幻想的破灭而告终。

在倾听她们抱怨、回忆和倾诉的同时，我也在观察着男女之间的关系。这些经历和观察成为我创作的源泉，我构思了一个虚构的故事，并撰写了我的第一部小说。

现在，我正以一个新的视角看待生活，不再仅仅为了理解而观察，而是为了见证。更为重要的是，我的情感得以通过写作得到宣泄。福楼拜曾说过一句话，我理解为“一张白纸摆在眼前，当我将心中所想变成黑字后便感到了解脱”。当我完成第一部小说的初稿时，我意识到观察他人实际上是在审视自己，而审视自己正是我所热衷的。我发现通过社会这面镜子反观自己似乎更为容易。写完几本书后，我意识到我所能谈论的只有我自己。而我，就是那个“他”。

在整个创作过程中，他给予了我从未间歇的鼓励。在我周围，他是唯一拥有“创作者”头衔的人。由于我常常对自己的能力缺乏信心，所以特别渴望了解他对我的作品是何种反应。面对我独特而非凡的变化，他能否适应？这是否会改变我们之间的游戏规则？或者说，我将与一个全新的敌人进入一场激烈的较量？与此同时，我还要为爱情和未来押上重重的赌注。

他第一次阅读我的手稿，便被我的文字深深吸引。他坚信，我天生就是小说家，他鼓励我继续走写作这条路。我的小说一出版，他便非常自豪地向亲朋好友分享书评和读者反馈。对我而言，这无疑是他爱我的最佳证明。他曾说，我们共同取得的成就为我们的关系带来了前所未有的新平衡。我们一起分享成功的喜悦，他的名声也随之水涨船高。那段时间里，他沉浸在大众的追捧中，书籍接连出版，电影连续上映，广告不断亮相。一个人的成功确实能够激发另一个人对获得成功的欲望，这正是他的信念。

在他人生的每个阶段，“分享”都是他渴望并追求的事情，他热爱分享生活中最美好的时刻。然而，他的另一面是，无论是否能承受，他总是将烦恼、低落的情绪和各种琐事深藏心底，不肯向外人吐露。可以肯定的是，他不会沉溺于不快之中。他不喜欢反复咀嚼痛苦和忧伤。他对西奥兰的作品有着深深的厌恶，因此才会去阅读那些书籍。有时，他的宽宏大量令我自惭形秽。只有当我快乐时，他才会感到快乐。所罗门王在公元前10世纪的一次演讲中曾说过：“犹太人后他人富有而富有，后他人幸福而幸福。”这句话似乎也反映了他的生活哲学。

我是幸福的。

星期五晚上，我受邀参加一档著名的文学节目，讨论我的首部小说，我感到既幸福又有些紧张。他陪同我与台上的几位好友坐在一起。在等待节目开始的时间里，我仿佛身处地狱，焦灼难耐。幸好他在身边，给我带来了一丝慰藉。节目开始时，他如同守护神一般注视着我，他就是我生命中的那个男人。有些事似乎是命中注定的，有些瞬间会让你眼前一亮。当主持人向我提问时，我想到了他，想到能与他相遇并携手同行是何等幸运。我们距离如此之近，还有漫长的路要一起相拥而行。在镜头前，我或许缺乏对话技巧，但我的内心充满了激动与期待。我再次感到极致的快乐，仿佛进入极乐世界。

故事在继续，情节在推进，没有插曲，没有变故，没有争吵。故事的真实性常常让我感到惊叹。我同昔日那个金发小姑娘一样，我们拥有相同的容颜，相同的活力。难道幸福是一味返老还童的良药？我似乎重拾了青春。

又过了一段时间，我们决定举办一场庆祝晚宴并邀请几位朋友。晚宴前两周，我与玛丽谈及此事。她似乎被一股力量所改变，这股力量让她焕然一新，她的双眼变得炯炯有神。她身边的男人，一个才华横溢的大牌记者，魅力无限，她正沉浸在恋爱中。对玛丽来说，这也许是弥补感情危机的及时雨，刚刚感受到的幸福给她插上了翅膀，赋予了她无尽的勇气。她请求我帮个忙——邀请她和她的丈夫一起参加晚宴，还有那个可能成为她情人的人。我自然答应。我无意中跟我的爱人提到了这件事，并告诉他我与玛丽见过面。出乎意料的是，他表示反对，这与他平时的做法截然不同。在我们的谈话中，他多次提起这个话题。难道他对那个可能成为玛丽情人的人有所不满?

“他，或是另一个人，我并不介意！但我不喜欢情人这个词！”他说。

“情人和其他人有什么区别?”我反驳道。

“不，那人长着一张多情的脸，是个彻头彻尾的情种。”他的语气里没有玩笑，透露出一丝严肃。

尽管如此，我还是决定给玛丽一个得到快乐的机会。

晚宴上，几对心存芥蒂的夫妻围坐一桌。从卡特琳开始，她一直在等待她的议员丈夫。我们已经等了他整整一个小时，他在电话中说马上就到，但始终未来。我们刚准备上下一道菜，电话又响了。“他不来了，”卡特琳无奈地说，“理由是会议还没结束，他无法脱身。”每当电话铃声响起，她就会变得更加焦虑，不自觉地用手抓挠脸颊，那是她缓解湿疹瘙痒时的习惯，渐渐地成为一种自然而然的、下意识的小动作。

玛丽把我悄悄拉到一旁，低声告诉我，她十岁的大儿子最近放学后对她说：“妈妈，爸爸不爱你了！”说罢，她眼角的泪珠滚落。

“只想着让你一见钟情的那个人，其他都别想。”我对她说。

伊达，一名活力充沛的记者，嫁给了一位笔耕不辍的作家，这段婚姻已走过十五个年头。她话语中带着尖锐而又不失幽默的辛辣，但我能感受到她的心如刀割般疼痛。那位“作家丈夫”从未真正用心关注过她，他们之间缺少深情的倾诉，缺少对彼此的关怀。

在他的世界里，除了对自己欲望的需求和个人成就的追求，他还真切地关心过谁呢？没过多久，伊达便决定逃离让她心生厌恶的感情牢笼，寻找一种能让她内心真正满足的生活。

安妮是一位编辑，也是一位出版巨头的妻子，她长得十分漂亮，身上散发着巴黎女性独特的魅力，优雅而清新。然而，那天晚上，她却不断遭受着丈夫的言语攻击，他摆出一副满是优越感的嘴脸，絮絮叨叨地对她即将进行的出版事业指手画脚，甚至贬低羞辱。这种做派实在令人难以忍受！像这样的人，究竟让多少人吞下了苦涩，又践踏了多少真挚的情感，玷污了多少生命的纯洁！

他则默默地坐在一旁，嘴里叼着雪茄，双眼因酒精作用而微微眯起，对周围的争吵充耳不闻，视而不见。他往往在别人谈论我时开始插话，强调我工作的重要性，突出他所发现的我个性中的特质。在他的言语中，幽默与爱意巧妙地交织在一起，恰到好处。

十五年后，我没办法再让大家聚在一起了。除了其中的一对夫妇，剩下的人都经历了一次或多次伴侣的更迭。他们建立家庭，随后解体，再重建，然后为远方的子女添上几个弟弟妹妹。这样的生活真的能让他们更幸福吗?

终于找到幸福的玛丽说：“在另一个人的眼中看到自己，是自信的源泉。”

她说得太对了！如果没有他的那双眼睛作为镜子，我将不再是我。

我小说的销量超过了一万册，赢得了评论家们的赞誉，得到了一位严苛而多产的文学总监的支持与鼓励，还有我的爱人，他鼓励我继续写作之路。我开始着手创作第二部小说。

“我正和一位小说家共同生活。”他自豪地说，“这位小说家总是在故事的结尾让她的男主人公死去。她是如何处理男性角色的？把他们一个个写死！”他这么说着，嘴角挂着微笑。

这是一种得意的笑，还是一种无奈的苦笑?

帕特里夏曾问过我这个问题。我没有给出答案，因为就我个人而言，我从未真正思考过这个问题。或许，我应该首先弄清楚，为什么我要在小说中杀死男主人公。

男人？我已将他们抛诸脑后。

他懂得如何合理分配时间。除了偶尔的外出采访，我几乎没有离开过他。在陪伴他旅行的日子里，我扮演着忠诚伴侣的各种角色。从这个角度来看，我们的关系进入了一种持久与稳定的状态，这不是空中楼阁。然而，正如我所体会到的，我的情感和欲望会随着途中遇到的每一个“敌人”而波动，我确信这些所谓的“敌人”大多数都是微不足道的，不足以掀起波澜。

说我们的生活像是一段爱情故事，某种程度上确实如此，但这种说法过于简单化，没有捕捉到我的情感波动和心绪变化：烦躁、厌倦，甚至是冷漠。我的情绪是多变的，他也一样。别人在根据他的真实经历写故事时，会尽量避免表现这些起伏。但事实如此，并非我们的过错。用省略和虚构的手法来记录那些错综复杂的事件，难道会更具吸引力吗?

我对我们的关系感到满意，从未渴望再次经历一段热烈的恋情。如果我真的曾有过这样的念头，身边的闺蜜以及我所遇到的女性的遭遇也足以让我胆寒，望而却步。她们遭遇不幸，那些不成熟、轻浮、自私、不负责任、吝啬、肮脏，甚至性无能的男人，让她们的生活如坠噩梦。有些男人或许只有一两个缺点，而有些则是恶习满盈。

选择权在我们自己手中，解决问题的方法也很简单：要么选择离开，要么选择忍受。但即便是忍受，风险依旧存在。那些完美无瑕的男人究竟躲到哪里去了？帕特里夏说："有天晚上，一个情人让我给他打分。他说那次的旅行没有让他失望。""远远低于平均水平！"她回答。他感到震惊，脸色变得苍白，反驳说他还是第一次遇到女人敢于抱怨——"敢于"，问题就在这里。

在与他超过十五年的共同生活中，我从未仔细观察过那些在职场同我共事或在生活中擦肩而过的男人。也许他们的面孔轮廓我会有印象，他们带有激情的只言片语偶尔会在我脑海中闪现，但这些记忆总是会很快被抹去。他们未能进入我的情感世界，因为我的心已经被完全占据了。

我的爱情是否始终如一，爱的力量是否从未衰减？情感的波动就像路上的“敌人”，显得微不足道。

自从我完成这部小说并获得了一定的成绩后，人们开始以新的眼光看待我。帕特里夏是第一个这样告诉我的人。她刚刚结束了第二段婚姻，为了换取自由，她支付了前夫欠的税款，而他除了债务，什么也没有留下。她坦言，即便是在医院里照顾那些小患者，自己内心的痛苦也无法得到缓解。

她无法忘记过去几年与两个男人共度的那些炼狱般的日子。但从她的外表看不出她遭受了这些苦楚，帕特里夏是一位出色的“演员”，她知道如何隐藏自己的真实情感。这究竟是她的优点还是弱点?

她说：“我实在是忍无可忍了，我心中燃烧着复仇的火焰。和男人在一起，总是要牺牲一些东西，不是性，就是智慧，或是魅力，永远不可能与他们心心相印。”

在这样压抑的生活环境中，我对她未来的爱情之路感到担忧。这段时间里，她对男性保持着猎人般敏锐的嗅觉。正是因为这样，她能够判断出别人对我的看法有何变化，并告知于我。如果没有她，我是否还会注意到这些细微的变化呢?

我脑海中突然闪过一段记忆，引发我的深思。那时，我正积极参与女权运动，大力推动避孕自由。然而，我逐渐感觉自己被误导了，因为避孕问题似乎总是要由女性自己解决。尽管有研究人员含糊其词地提出了男性避孕的概念，但这个想法最终不了了之。在缺乏男性避孕药的情况下，荷兰女性开始说服其伴侣接受绝育手术，有些女性甚至成功做到了。这种想法吸引了我。一天早晨，我在早餐时提起了这个话题。他对这个过于激进的建议感到惊讶，认为这是一种自残行为，但同时他的好奇心被激起了，所以并没有立刻拒绝。几天过去，他没有采取任何行动。在他看来，如果我表示自己也想做绝育手术，那无疑是在否定他想要“英雄救美”的念头。他表达了反对。

“我一个人做还不够吗？”他问。

“你以为你对我有专属权吗？我想要的是自

由。”我回答他。

他并不是唯一对我感兴趣的人。实际上，那天有人将名片插入一束作为晚宴谢礼的玫瑰花中送给了我。我意识到，其他男性，比如那张名片的主人，也对我倾心。“我非常希望能当面向您表达我的感情。”名片上写道。

那人是何意思显而易见！我该如何选择？是沉溺于未知的别样情调，还是再次踏上征服梦想、幻想与幻灭的旅程，或是重现那些浪漫中的浪漫？这些问题无不表明，我已经筋疲力尽。

与他共同生活是一种安慰，但我觉得自己永远也无法完全理解他。我决心探索那些几乎无人知晓且从未真正被解密的未知世界。我们之间的若即若离让我总有新的发现，在这个过程中，我们不断交融，但都没有受到伤害，依然保持着各自的完整。很明显，是他占据着上风。

然而，从那天起，我对他的看法发生了转变，我开始在情感的对立中寻找乐趣，并从中获得了某种奇异的满足。

这场游戏的结果是，“敌人”立刻浮现在我的视野中。我所看到的，全是他的缺点和我内心的不满。我再也无法忍受他懒散的坐姿和瘫坐在椅子上的样子；我再也无法忍受他含糊不清的表达和不断出现的只有他会犯的语法错误；我再也无法忍受他喝酒后变成另一个人的模样；我再也无法忍受他毫不讲究的饮食习惯，油腻的食物和甜食让他的将军肚日益凸显；我再也无法忍受他那充满欲望的眼神；我再也无法忍受被他的幻想所困扰；我再也无法忍受……

我为自己打开了另一扇大门，一扇只为我敞开的大门。原来我也可以操控这场游戏。

正是在那一刻，一个陌生的男人闯入了我们的生活。

我爱的人
和

我要的人

他叫皮埃尔，大家都说他才华横溢。

“我读了您的小说，非常喜欢。我们能见个面吗，比如一起共进晚餐……对我个人而言，越快越好。如果您方便的话，我们可以在医院附近找个地方。”

这两行字写在一张带有医院抬头的信纸上，他在那家医院的老年病科工作。我反复阅读这张纸条，最终决定联系这个人。电话中，他充满温情的嗓音立刻吸引了我。他告诉我他认识帕特里夏。有一天，他们一起吃午饭时，她提到了我们这些“她亲爱的朋友们”。他解释说，他对我丈夫的作品欣赏已久，但更想认识我这位女小说家。读了我的作品后，他并未失望。

就这样，故事开始了。

我们约定共进午餐。我被他的睿智和那种深藏不露的气质所吸引，尽管我怀疑这可能只是他在职场上必须展现的热情和慷慨。从他口中我得知，他无拘无束，独立自由，唯一的牵挂是他那位占有欲偏强的母亲，她在他的老年病学和老年人研究学中扮演着“小白鼠”的角色。

午餐后，我们漫无目的地散步，很快一个多小时过去，时间仿佛不再重要。我们的注意力都集中在倾听对方上，或者更准确地说，我渴望听到他的心声。他似乎并不急于返回医院，而是一路陪我走到了家门口。在礼貌性的拥抱告别时，他的手不经意间触碰了我的胸部。之后的整整一天，我脑子里全是他，他带给我的思念和欲望让我思绪万千。

然而，当我外出去推广我的小说后，那些念头就像烟雾一样消散了。短暂的快感如同飘过的云朵，转瞬即逝。我将他彻底遗忘。

直到有一天晚上，皮埃尔再次出现。他按响了我家的门铃，我当时正忙于工作，是我丈夫开的门。皮埃尔自我介绍说他是我的朋友，在我还未露面之前，他们已经开始了闲聊，看起来相处得相当不错。当我走进画室时，丈夫告诉我，皮埃尔将留下来和我们一起共进晚餐。

皮埃尔的大胆行为让我很好奇，但同时也让我感到不悦。我不喜欢他这样闯入我们神圣的夫妻生活中，这是一种冒险，可能会搅乱一切，引发无法预料的混乱。最重要的是，我有种预感，这可能会搞出一个原本不该存在的故事，一个没有开始也没有结局的故事。他的任意妄为让我心烦意乱。

然而，在惊愕之余，我开始慢慢体味我们共度的这几个小时。他们俩在才智上旗鼓相当。这位英俊的金发男子颇具魅力，他那难以捉摸的眼神中闪烁着医学生特有的幽默，这唤起了我对丈夫的记忆：他曾是美术学院的学生，他贴在值班室墙上的画作总是带着一丝忧伤。

他简单地向我们叙述了他的过去。1968年时他还是个学生，原本打算从医，却被《狂人报》所吸引，开始满心追捧那些笔触尖锐又煽动性极强的讽刺画家们。他自嘲地说，四十多岁时的他曾是该报的狂热支持者，而如今五十多岁则对社会、政治和女性议题有着深刻的见解。我并不想深入这个话题，因为我担心他们的讨论会变得越来越激烈，这不是我所希望的。我被动地聆听，内心对未知的结局有所期待。这很新鲜，“外来者”战胜了“亲近者”。

晚上的对话有一阵突然趋于紧张。

“这么说吧，大多数人并非爱情至上！”他的声音中充满了无尽的悲伤，那个我所爱的人，好像突然觉得他的生活翻到了新的一页。

他是否从我们的对话中捕捉到了某种可能的暗示？是言辞、语调、手势，还是微笑中隐含的调情之意？

他站起身，看了看手表表示时候不早了，然后低头离开餐桌。他平时也总是这样，习惯性地看表确认时间。的确，时间已晚。我以为我的这位“朋友”也会随之告辞。然而，我错了。

他再次为自己的酒杯斟满了酒。我在房间里踱来踱去，试图找到一个话题，能既让我们继续对话，又能避免进入模棱两可，直至凌晨一点都无法讨论清楚的局面。我的神经在相互矛盾的情绪中挣扎，找不到出路。皮埃尔似乎也是如此，正沉醉于刚刚发生的情境中。我伸手去拿酒瓶，我们的手碰在一起。或者更确切地说，我感觉他摸了我的手，尽管实际上是我的手先碰了他的。我在寻找什么？想要弄清楚他对我有何意图？他的欲望是否与我的相契合？

“对不起，我得走了，”他说，“我明天要早起。下午见面喝一杯怎么样？”

他穿上放在门厅沙发上的风衣，向门口走去。我似乎没有回答他。

收拾餐厅时，我感到内心有一种恐惧被唤醒，这种恐惧跟我与那位后来成为我终身伴侣的男人初次“偷情”时没有两样。

那个“金发小姑娘”的灵魂似乎在我体内苏醒，随时准备屈服于这位陌生人的引导。她欣赏他的智慧和才华，渴望顺从他的挑逗。

然而，我深知自己内心缺乏足够的力量去重演同一剧本、书写一段雷同的情节、再次踏上一条留不下任何痕迹的旧路，又或者，甘于满足一个开头壮观而结局草率的故事，任由这些零散的片段扰乱我与丈夫的关系，甚至使我偏离我正致力追求的写作之路。因此，我决定在这个念头刚刚萌芽时就将其扼杀。

我开始执行自己的计划，并信誓旦旦，相信问题已经得到了解决。

几天后，我才意识到，对我们三个人来说，这个故事远没有结束。

我发现，我行事轻率天真且过于简化，加之我尚未掌握成熟得体的处理方式，于是把本应快乐的事情转变成了不幸。没有什么比这更糟糕的了！理智已经不复存在，一切行动都在激情的驱使下进行。

首先是我的丈夫，他坚信我已经被那个闯入我们生活的人所俘虏。我能感觉到，他认为自己对此也负有一份责任。当一个人竭力推开门时，或许是因为他渴望逃离。我们的关系已至十字路口，彼此都感到不安，但他仍在努力挣扎。他抱怨我平时与他沟通太少，认为是我拉开了我们之间的距离。我们对彼此失去了兴趣，甚至开始疏远对方。

该如何及时采取行动，避免关系进一步恶化呢？这很难。危机爆发了，沟通中断了。我们之间相互理解的魔力消失了：思想的碰撞、共同的思考、切实的建议、留在桌上的温柔话语、一方不在时走廊上的留言，以及心照不宣的默契行为……一种报复性的“恐怖主义”悄然渗透进我们的关系，我们觉得有必要与自己斗争，但同时又确信任何决定都无济于事。我们唯一的对手是：“新朋友”带来的激情。

我的伴侣感到非常沮丧，认为自己的失败已经显而易见，因此决定不再尝试赢回我的心，而是任由自己随波逐流，寻找一个无须征服的乐园去追求快乐。

至于皮埃尔，他似乎在爱恨交织的迷雾中失去了方向。是对梦寐以求的女人的爱，还是对已经到手的女人的痛恨？我们不知道未来和情感将为我们带来何种变数。我曾以为他的激情是彻底的、泛滥的、毫无顾忌的。他对世界持一种玩世不恭的态度，游离于生活的边缘，宣扬命运的无常和最终的和谐。在他的专业领域之外，他缺乏天赋，偏爱那些过度虚幻的事物，对真相的苍白表示不屑，甚至将其斥为“卑微而可憎的不速之客”。有一点是明确无疑的：他对那些被他引诱上钩的女性展现出一种无耻到具有破坏性的态度。在面对生活时，他是个盲目的赌徒，并为此感到自豪。每个人都在寻找自己身上隐藏的恶魔。我找到了我的恶魔，与之搏斗，这比攀登喜马拉雅山更具风险。

在皮埃尔的炽热情感和我与丈夫的关系之间，我左顾右盼，自我欺骗，内心试图找寻一丝自我安慰，我不断告诉自己，没有人能够窃取我的渴望、情感和那份宁静的生活。然而，这些都不过是自欺欺人。随着时间的流逝，我发现自己陷入了一种矛盾境地，进退维谷，日子变成一连串令人沮丧的瞬间。

生活的网越收越紧，我用于工作的时间日益减少，那些点缀时光、带来活力的小乐趣也随之消逝。缆绳已经松脱，我的船不再稳固地系在港口，开始无目的地漂泊。起初，这种无拘无束的生活让我感到兴奋，仿佛是一场精心策划的假期，我沉浸其中，悠然自得。然而不久之后，生活开始变得摇摆不定，我也随之失去了方向。但我没有采取任何行动，而是用麻木和脑海中那些无意义的问题来对抗现实。我的目光、欲望和情感都在转移，我该如何与之抗衡?

我往皮埃尔所在医院的诊室打了三次电话，但每一次，秘书都以R医生无法接听为由挂断。欲望让我失去了理智，我披上外套，向他医院的方向奔去。

自清晨起，他便守在一位病危的病人床前。他的女秘书——一位棕发美人，胸乳丰盈，充满魅力——引我步入办公室。那是一间狭长而昏暗的房间，颇似走廊，里面摆着一张桌子、一部电话、一个金属文件柜、两把椅子和一盆绿植。

她告诉我："医生把您的书借给了我。我真的非常喜欢！里面的女主角完全迷住了我，我很好奇，她成为议员之后会发生怎样的故事。您应该写个续集。"

我向她表示感谢，随后在她身旁落座。她似乎并不忙碌，而且我能感觉到，她下意识地想跟我聊聊。

"您在这位医生身边工作了多久？"我问道。

我的问题似乎触动了她的心弦，她面颊泛起了红晕。犹豫片刻，她便如同倾诉秘密般滔滔不绝地讲起来，坦白自己迷恋上了这位老年病学医生。

"您明白我的意思吗？他实在是太有魅力了。"随后她的话音戛然而止，我静静地等待，她的沉默并未持续太久。

"太迷人了，简直有些可怕！"她补充道。

"为什么？您是指他在职业上很有吸引力吗？"

我大胆地追问。

“不是！我险些为他离婚，幸亏只是‘险些’。”她的声音里夹杂着一丝庆幸，“他断然拒绝了我。他只是想要……就是那种肤浅的游戏，没有更深的东西。”

“您知道，这样的人并不只有他一个。”我轻描淡写地回答，只是为了鼓励她继续倾诉。

“是的，一旦体验了与他的亲密接触——请原谅我如此直白——就再也不会渴望其他男人了。”

“您的丈夫是做什么的？”我小心翼翼地问。

“精神科护士。在遇到我的医生老板之前，我和他的关系非常融洽。”

“您老板有什么特别之处吗？”我继续探询。

她的脸颊再次染上羞红。

“他从不让人失望。首先，他的外貌足以令人心动。他真的很英俊，身材匀称。其次，我不知道该如何形容，在遇到他之前，我从未感受过那种激情和快感，其他人在这方面简直不值一提。正是因为这种体验，我们夫妻之间出现了裂痕。但最终，我还是选择挽救我的婚姻，因为我意识到，除了肉体的欲望和快感，与那位医生在一起，什么都不会有。他是个无情无义的人。”

“那您还会继续和他保持这种关系吗？即使他像您所说的那样无情……无义？”我小心地追问。

“他已经疏远我一段时间了，除了工作，我们有两个月没有联系。但我仍然爱着他，他却让我痛不欲生。”她的声音里满是无奈与哀伤。

“您认为他为什么会疏远您呢？”我轻声问道。

“我不知道，也许是另有她人……”她的声音低沉，带着一丝迷茫，“我怀念与他相爱时的感觉。”

我们的对话被敲门声打断。一位护士走了进来，她告知我们皮埃尔医生需要留在病人床边，今天的其他预约都要取消了。秘书立刻着手安排，我便告辞，让她回到工作中去。

“我会告诉他您来过。”她用一种似乎轻松的语调说道。她看上去有些恍惚，但倾诉自己的故事又似乎让她心情舒畅些了。

“不，不必了。”我回答。

我顺着走廊朝医院出口走去，心中盘算着两个截然不同的选择：要么继续与那恶魔般的欲望为伍，以享受天堂般的快乐；要么紧紧抓住生命的尾巴，坚定不移，避免让生活误入歧途。

我没有勇气直接回家，于是决定去国民议会厅找卡特琳，她在那里担任丈夫的助理。我希望我们的小聚能让我从这个沉重的故事中解脱出来，因为此刻，我的身体正如同火焰般燃烧着。

卡特琳坐在办公桌前，她精心化了妆，脸上透出一种优雅与轻松，笑容如春日暖阳，喜悦洋溢于脸庞。这并非她的常态。我开始向她吐露心声，至少是我能透露的那部分，心中的热浪已是汹涌澎湃，我担心自己无法自控。她很快就打断了我：

“你疯了吗？你把自己看成什么了？”她惊诧地问。

“疯狂，有时也能孕育美好！它可以是一种建设性的力量。出轨，亦非全为错误。别告诉我，你对此感到震惊。你也知道，在这方面，男女本是平等的。”我辩解道。

“我不赞同你的观点！”她反驳，“你为女性争取新的权利，现在却想模仿男性，在感情上变得游离不定？”

“有时候，我们别无选择。有些事情，本就难以掌控！”我无奈地说。

“可能是我与时代格格不入吧，在我离婚之前，我绝不会背叛我的丈夫！这是我的道德底线。”她坚定地说。

“那真是遗憾！但这么做对你或许有益。”我回应道。

“你丈夫对此有何反应？”卡特琳眼中泛起泪光。她丈夫曾直言不讳地告诉她，他不爱她——他从未真正爱过她，他们的结合不过是政治联姻而已。

“我厌倦了这种只有付出而无回报的生活！”她抱怨道，“相互尊重才是爱情的基石。你和你丈夫之间拥有这样的尊重，所以千万不要破坏它。不要越轨。”

她说得对。

或许，也不对。

在我与皮埃尔的关系中，我渐渐变得与他无异，欲望取代了爱情，肉体的渴望取代了心灵的交融。那颗曾困扰我的愚蠢之心已被抛弃，取而代之的是一种全新的自由与轻盈。我甚至患上了一种遗忘症，忘却了与漫画家共同走过的往昔。尽管卡特琳再三告诫，我仍旧渴望沉溺于这股激流之中。在我眼前，未来如同一面一分为二的透明镜子：一边是与所爱之人共度余生，另一边则是与所欲之人纵情时光。我自诩为铁娘子，却又急切地想探知自己在欲望的驱使下，能坚持多久而不沦陷于情感的旋涡。爱与欲，两者交织难分，稍有不慎，便会陷入混沌之中。

我再次拜访了玛丽，希望与她共同梳理过去几日的纷乱。不知道她是否愿意倾听我的絮语，或者她仍沉醉于一见钟情的甜美之中?

“我真的动情了。我要将他据为己有，让他只属于我一个人，我想迎接这场挑战！”

玛丽在被丈夫疏远后，反而表现得更为坚定，她决心为自己争取一次真正充满爱意的生活。在她看来，这对孩子们来说也未尝不是一件好事。

当我告诉玛丽我与那位医生的会面后，她说：“听起来那个医生很有魅力，但我总是对色相保持警惕。在我看来，性吸引力是短暂的，性并非生活的全部。”

我并不打算改变现有的生活，只是想在婚姻之外寻找一处泉水，尽情痛饮。

帕特里夏戏谑地说：“你是想写出第二部小说，在寻找你故事中的素材，仅此而已！”

在生命的旅途中，时而会有预兆显现，如同命运的指引。你是否信奉这种征兆？就像站在初启的门前，心中充满期待与好奇，又如圣诞晨曦下，孩童面对装饰华美的圣诞树那般兴奋。这正是我此刻的感受，只是这份感受比我对朋友们所述的更为强烈，我已无法自制。更令人不安的是，我第一次发现邪恶的诱惑竟比善良的引诱更为强烈。

究竟何为恶，何为善？

帕特里夏轻叹一声，继而说道：“你明白的，真正的伴侣难觅，或许你与那男人的故事注定充满火药味。”

具有火药味的故事！这并没有让我退缩，文学世界里最动人的爱情故事，不都是一曲又一曲悲壮的挽歌吗？我再次沉浸于小说的世界，把之前读过的作品又看了一遍，我如饥似渴地在书中寻找着合理的解释。

伯努瓦特·格鲁[1]的作品《心灵的航船》，讲述了一个关于心灵与性激情交织的故事，赢得了无数欧洲女性读者的喝彩——她们在阅读主角的冒险故事时，都沉醉于那份狂野而自由的幻想之中。小说的男主角高万，是位肌肉健硕、情欲强烈的海员，从开头到结尾，他的情绪始终如烈火般燃烧着。女主角名为“不带s的乔治”，多么巧妙！通过乔治之口，她描述了“在非凡亢奋中沉醉的性狂欢”。“可爱的傻瓜们！他们可真亢奋。”在与高万的交往中，乔治感受到了“与死亡相反，爱情如同熊熊烈火”。这故事令人心动，它激起了读者的欲望，想要亲身体验乔治与高万那“挑逗的吻和轻佻的姿态”，从而领略肉体的交融与心灵的共鸣。恋人之间，不都有着挑逗的唇齿和狎昵的姿态吗？难道在大胆的尝试之后，他们不会为自己的勇气和放纵而心生欢喜吗？

1 法国作家，她的作品通常聚焦于女性地位、性别平等、性解放等主题，因其对性和爱情的坦率描写而受到关注。——译者注究竟有多少女性在这位小说家的煽动下，踏上了“背叛”的不归之路？在以性为唯一追求的关系中，她们品尝到了不同于往常的欲望和自由的滋味，让人欲罢不能。

岁月似乎放缓了脚步，我那位懂得保持适当距离的漫画家选择绕过这场纷扰。虽然他时常流露出与人暧昧的举止，甚至时不时招蜂引蝶，但对我的情感却似乎未曾改变。他凝视我时的眼神，他渴望与我共处的热切，让我察觉不到任何变化。

在一个宁静的夜晚，他轻声向我吐露：“我更渴望去爱，而非被爱。”

帕特里夏和她的情人邀请我们共进晚餐。她的情人英俊非凡，混血基因赋予他独特的魅力，深得她的欢心。皮埃尔也在场。我不禁思索，我的那位漫画家是否从我们的声音和表情的微妙变化中察觉出了不同，是否觉得我和皮埃尔私下串通一气？

下车后，他将我紧紧拥入怀中，在我的颈间落下长久而深情的吻。

“拥抱一个女人看似平常，但每次我拥抱你时，总感觉非比寻常，格外特别。”

他的话温柔而真挚。

当夜幕降临，我们准备共赴梦乡之际，一个念头突然在我的脑海中挥之不去：他爱一个女人，是为了引领她走向幸福，为了让她快乐。而皮埃尔则截然不同，他追求的是一种让女人流泪而非微笑的情感，是一种恶意胜于善意的占有。他在谈及办公室的秘书——那位棕发女士时，不也是这意思吗？他曾坦言，在他的折磨下，她的泪水使她显得更加动人。

“我喜欢看女人落泪的样子！”他说。

他抱有一种情感需求，那便是通过贬低身边的女性来满足自己。这成了他的生存法则，一种让自己居高临下的自我提升手段，也是他“欣赏”女性的独特方式。我深爱的丈夫却与皮埃尔截然不同，他以赞美、敬仰、尊重和爱来对待他的女伴。当然，在性爱的互动中，他有时难免将对方物化，但在得到特别的关爱之后，即使这样做也似乎变得更易于接受。

在我昏昏欲睡之际，脑海中仍萦绕着这个难以回答的问题。男性与女性似乎来自两个星球，要想走到一起，就必须接受这种差异和随之而来的种种安排。

然而，有一点我看得很清晰：成为泄欲工具的女性会感到恐惧，害怕明日不再有人对她充满欲望。如果不小心行事，时间便会剥夺她对男性的吸引力和魅力。我们这一代女性，有责任去改变这种思维模式的存在。

我渴望寻找一个机会，摆脱这一切。

为了逃离巴黎的寒冷季节，我们早就策划了一场旅行，投入塞舌尔群岛[1]温暖的怀抱。当他提及这次旅行时，没有触及那些曾令我们关系濒临破裂的不快往事，我不禁欣喜若狂。我渴望呼吸温暖的空气来驱散梦魇，渴望远离我们曾经跌跌撞撞的危险路口，忘却那些我们之间不再和谐共舞的失衡时刻。

---

1 旅游胜地，坐落于非洲东部、印度洋西南部，由 92 个岛屿组成，全年无冬，景色优美。——编者注

抵达普拉兰岛[1]后，他的态度自始至终都是轻松愉悦的。我们如影随形，散步时他总是紧紧握着我的手，仿佛害怕我会消失在这片热带风情中。他也不再频繁地拿出笔记本记录所见所感，我们一同畅游在碧波之中，欣赏着缤纷的海洋生物。

我在这里找回了内心的宁静。

我们共度的时光越长，我越发确信，我对这个曾经深爱着金发小姑娘的男人的情感，正在朝着好的方向演变。这不仅仅是一种感觉，还有我凝视他的目光，以及在他的陪伴下我所体验到的欲望。感情的转变再次悄无声息地降临。要知道，身体的记忆是短暂的，那段不愉快的往事已被我抛诸脑后。

这趟热带之旅，成了我们坦诚交流、真情流露的绝佳时机。我们敞开了心扉，我的心再次为他而跳动。我恳求他，不要再迷恋曾经的那个金发少女，而是爱上现在的我，爱我如今的思想和愿望。他倾听着我，我责怪他总是将那些他不愿意听到的话当作笑谈一笑了之。

1 塞舌尔群岛中的第二大岛，有典型的热带雨林景观，自然环境优美。——编者注

“为了能够继续生活，我必须把所有让我恐惧的事物视作笑料！你说你要离开，那是我最大的恐惧。”他坦白道。

“离开你？想什么呢！”我轻声回应，心中涌动着既定的决心。

清晨，阳光透过窗帘，我独自一人踱至阳台。心中被一股冲动撞击着，我决定拨通皮埃尔医院的电话，让自己面对一次考验。电话那头，秘书迅速让皮埃尔接了电话。他的声音细如游丝，如同远处的蜜蜂嗡鸣。我故作轻松地闲聊几句，试图缓解我们之间的沉默气氛。他含糊其词，透露出我的远离给他带来了深深的痛苦。他说：“这是无法忍受的折磨。如果你再次抛弃我，与你的丈夫一起出游，我将彻底离开你，不再与你相见。”他的声音中充满了不愿再被痛苦所困扰的决绝，但随即在通话的嘈杂中消散了。我换上泳装，跃入海中，浸润自己。海水将我带至无边的蓝天之下，我的心也随之飞扬，并未受皮埃尔情绪的牵绊。相反，他的不安让我感到一丝愉悦，因为那是他激情的证明。

“是什么让你这般欢欣鼓舞？”爱人走到我身边，好奇地问道。

“海水，鱼群，阳光，还有生活的种种乐趣。”我回答。

他将我紧紧拥入怀中，猛烈得让我几乎感到疼痛。

“我会这样紧紧抱着你，让你无法离开我。”他低语道。

“或许最终离开的人会是你。”我反驳。

“绝不可能，我渴望以我所向往的方式生活，我需要一个能给予我生命意义的人与我同行。那个人就是你。”他的话语坚定而充满情感。

我们的目光投向前方，那广阔而平静的海面，仿佛预示着我们未来的宁静与和谐。

“那些杀不死我的会使我更强大。”感谢尼采，赋予了我这样的智慧。

我幸运地躲过一劫，勇敢地迎战这个新的“敌人”。实际上，我并不是独自一人在战斗，而是与他并肩作战。每个人都有自己的软肋，但当我们团结一心时，力量就会倍增。我们性格迥异，却相得益彰，这种互补赋予了我们独创性，这正是我们要坚守的港湾。皮埃尔并未远离我们的圈子，反而接受了我们的爱情。

生命中会开启许多不同的篇章，这正是生活的魅力所在。现在，另一段生活的序幕正在徐徐拉开。

爱情和欲望不受任何逻辑的约束，它们如同疾病，或轻或重，会毫无预警地降临。我刚刚历经了这样的考验。在这两者之中，欲望更为飘忽不定，易受外界影响。我决定驾驭自己的欲望，让它与我对他——那个曾与金发小姑娘相遇的男人——的爱相协调。移情别恋并无神奇之力，经历之后我深有体会，只要爱得深沉，它是可以被逆转的。前提是，你必须拥有坚定不移的情感储备！从这个角度看，我的“纯真”时期，也就是金发小姑娘时期，是感情最为丰饶的时候。在最初的岁月里，我播下了爱情的种子，期待着收获。

一切都在向着美好的方向发展。但仍有一个疑问萦绕在我心头：我是不是在逆来顺受？我所展现的，难道是司汤达所言的“可笑的勇敢”？

“这种‘可笑的勇敢’叫作屈服，如果默默无言地任人摆布就是勇敢，那无异于愚蠢。”这是我对自己的质疑。

多年来，在面对那份不可抗拒的爱情时，我确实屈服了。我想，任何女人与我的这位漫画家相伴都会无条件地投降，百依百顺。然而，这种顺从是出于积极的选择，因为它能扫清可能滋生的其他爱情，让我们的爱变得纯粹而坚固。

理智的回归为我带来了一种净化，一种全新的爱意涌动在我心中，我爱我的丈夫，这份爱是前所未有的。贾科莫·莱奥帕尔迪在其《思想录》[1]中曾写道：“在这个世界上，没有什么比每天都能忍受同一个人更为罕见。”然而，“忍受”这个词并不贴切，这与事实不符。他不是被忍受的对象，他是生活中轻盈的存在，他让我的日子变得轻松愉悦。他虽与我同行，

1 意大利著名诗人、思想家莱奥帕尔迪的一部日记体哲学作品，收录了他的思考和哲学见解，从文学批评到语言学，从心理学到自然科学，涵盖了广泛的主题。——译者注

但从未成为负担。他的爱，是无私的。

帕特里夏曾说："上帝创造男人和女人，并非想让他们共度一生，这样的例子少之又少。但你的丈夫，他是罕见的例外！男人通常缺乏感性，事实上，那种随性俏皮的男人根本就不存在。"

"他是个重感情的人，而且从不掩饰。"我回应道。我也爱他这一点，因为他的真诚不加伪饰。

分室

而居

在我们共同生活的这段旅程中，终于迎来了一个我期盼已久的转折点，自踏入他的生活之日起，我便悄悄期待着这一刻的到来。

我们的小女儿展现出对独立的渴望，她希望摆脱我们的庇护，自己去闯荡人生。我们迅速为她找到了一处居所。几年前，她的姐姐们羽翼已丰，飞出了温暖的巢穴，各自筑起属于自己的小窝。

于是，有一天我们错愕地发现自己变成了空巢夫妇。家里只剩下我们两个人，这正是我三十年前所梦想的“小家”——一个完全属于我自己的空间，不再需要与任何人分享。我心中充满了难以言喻的喜悦，我终于拥有了我所渴望的一切。

玛丽将她两个上大学的儿子安排在一间工作室里实习，她自己则与新伴侣——一位杰出的记者——开始了独处生活，享受着属于自己的宁静时光。在我们的交谈中，她感叹道：“为自己争取幸福的权利，真是难上加难。”

要说帕特里夏是否找到了她的幸福？她选择了一种“断断续续”的相处模式，与一位男士共度时光。

换言之，他们并不是天天同住一室，但也没有分居两地，而是各自保留了自己的独立空间。对她而言，这样的安排没有妥协的余地。

至于卡特琳，她终于在生命的旅途中找到了属于自己的幸福。她现在有个新男伴，叫史蒂夫。她总是用充满感激的语调对我说："他在我身边给予支持，伸出援手，带来安慰，传授智慧，还有那份无比的尊重。我已步入天命之年，这却是我第一次体会到被爱的滋味。或许，用你曾经对我说的话来描述我们现在的关系再恰当不过——旁观者会感受到我们生活中的和谐之美。"

就这样，日子过得精致而和谐。

三十年后的一个清晨，阳光刚刚开始在天际线上绽放，我踏入了我们的工作室。这是一个充满生机的空间，里面摆放着三张桌子、几把椅子和两张沙发，背后放着报纸、书籍、图画和档案。他坐在那张气派的绘图桌后，电视屏幕上播放着CNN的新闻，收音机里则是其他频道的信息流。他的目光不时掠过屏幕，忙碌地记笔记或勾勒出素描。然后，他便全身心地投入到工作中去。当信息的洪流变得过于喧嚣时，他会转而聆听爵士乐。这是他唯一能够接受的音乐，也是唯一能与他灵魂对话的旋律，但不是那些轻飘飘的鸡汤，而是他最钟爱的旋律——查理·帕克、法茨·沃勒、迪齐·吉莱斯皮、贝西伯爵。在《突尼斯之夜》和《我爱的男人》的旋律中，我与他共同经历了第二次重生。他教会了我如何品味英美文学的精髓，奥威尔、赫胥黎、范·沃格特和福克纳的作品，雷蒙德·钱德勒的《再见，吾爱》、达希尔·哈米特的《马耳他之鹰》（他能背诵其中的段落），都成了我们床头书架上的宝贝。

他的目光不时落在桌面的纸上，下巴微微抬起，眼睛睁得大大的，脸上挂着微笑，眼神中透露出狡黠和精明，他以这样的姿态看着我走进来。

从头天晚上发生的事件、当天的新闻摘要到重大新闻，再到社会逸事，一切都需要被思考，被书写。

“我还没有找到主题，我不知道是否能找到……”

“没问题的，你肯定能找到，你总是这么说，但最后不是都找到了吗！”

我目不转睛地注视着他。

他将当日的报纸整齐地摆放在圆桌之上，我在那里一页页地翻阅，沉浸在文字海洋中，直至读到最后一页。他放下手中的纸笔，来到我身旁，轻吻我裸露的肩头。我继续阅读，嘴角不自觉地勾起了一抹微笑。他将我拥入怀中，而我试图挣脱，因为时间紧迫。每个清晨，我的思绪总是十分迟缓，思维难以启动。我匆忙离开房间。在镜中，我瞥见了他的身影。他重新坐回桌后，但目光一直追随着我到门口。想到即将开始的忙碌的一天，我心中燃起了急切的火焰。我逃进了办公室，心知他就在那里，他爱我。没有任何事能伤害到我，他存在于我的生命中，就是我力量的源泉。

但同时，这也是我的弱点。

我思索着他曾经说过的话，这些话被珍藏在我的记忆深处，宛如床头一本珍贵的书籍。就在昨晚，当我头晕目眩地离开他的房间时，他说：“我最喜欢的声音是你在走廊上的脚步声，是你朝我的房间、我的床走来的声音。”

只有我知道这句话的深意。我喜欢听这样的话，因为它能带给我温暖，让我与生活和解。还有一句话让我印象深刻，能在我头脑混沌时让我清醒：“你知道欲望为何能保持得完好无缺吗？”

我相信，我确信，我经历过。

欲望的磨损，并非不可避免。

人们当然可以站在屋顶上大声疾呼，要求改变根深蒂固的思想观念，因为欲望并非一成不变。我们必须学会自我诱惑，这样才能每一次都重新征服它，让它焕发新生。

我们之间形成了一个不成文的规矩，他虽未言明，但我们心照不宣。为了不浪费时间，我采取了主动。我提议道：

“将小女儿的房间改造成你的房间怎么样？现在她已经搬出去了，这样你就可以拥有自己的床，可以摆放自己的床头书、自己的纪念品、自己的照片，以及独自一人入眠。”

“这样我们就可以有一个‘你的家’，也有一个‘我的家’？你会来我房间看我吗？还是我去你那里？”

“我会去你那里。我们先试着遵守这个新的生活规则。你的房间将成为我们的爱巢。”

他细心地倾听我说话，好奇而认真，试图从我的提议中寻找理由和目标，挖掘出积极的、创新的、有趣的想法。与欲望相比，这种发现更能带来兴奋和愉悦，它是一种全新形式的自由。

我常常失眠，会时不时地起夜，而他一躺下就能在几秒钟内进入梦乡，我却总是不小心将他吵醒。到了早晨，他需要按时起床，而我或是已经开始忙碌，或是仍沉浸在梦乡中不愿醒来。我们分享了许多，但生物钟却不同步。他想知道我是否会迅速将这个提议付诸行动，看看我的决心有多大。

我向来言出必行，对他说过的话几乎都一一实现了。我这个人做事雷厉风行，第二天，房间就焕然一新。我们俩将自己的纪念品和床头书摆放妥当，归置好私人物品和日常必需品。对他来说，这将是第一个没有我，也没有我的气息的夜晚，我的笔记本、铅笔、收音机、失眠时的叹息声、床上的剪报都不复存在，当然，夜里他睁眼寻找我的那一抹眼神也消失了。

两个人的生活，不可能完全融为一体。就我个人而言，我觉得我重新找回了自己的私人空间。床上堆满了我喜欢的杂物，脚下铺了一条毯子，尽管如此，我的脚还是冰凉。我打开收音机，翻阅杂志，给小说加注，学习几行我喜欢的诗人的诗句，吞下几粒药——一粒绿色，一粒粉色，两粒黄色。突然，我停下动作。我想到了他，就在工作室隔壁的卧室里。走廊在这一刻似乎变得无比狭长。我想站起来去找他，但全身的肌肉松弛，身体蜷缩，眼皮沉重得难以睁开。

天亮了，窗外雾气缭绕。室内传来播音员萨拉·沃恩的声音。

“睡得还好吗？没太想我吧？”我问他，“我也不知道怎么了，一躺下就睡着了。”

“这么说，分房睡还挺不错的。我也睡得很好。但我还是想你……”

那天晚上，我们从剧院回来。我正在浴室里脱衣服，他敲了敲门，然后轻轻推开。通过我身后的镜子，我能看到他的脸。我明白他的意图。

“你来我这儿？”我问。

“世界上最可爱的声音，就是你的脚步声……”他回答。

一个男人心中有一个女人，那个女人是我。

在那个漫长的不眠之夜，我眼前不断浮现出在医院的情景，医生在我身旁絮絮叨叨，直到天明，那种朦胧的感觉才逐渐消散。

我从床上跳起，反复拨打病房的电话，却又犹豫着，不肯放下听筒。最终，我下定了决心。得知他在手术室里，我的心悬了起来。主治医生不在，总机接通了另一位医生，但他对情况一无所知。我再次拨打电话，仍是无果。我不愿再等待，匆忙穿衣赶往医院。

到医院时，他正打着点滴，胸口上散布着白色的小圆点。他脸色苍白，头发凌乱，但这副样子也是他的常态。

“只是一次小小的心脏病发作。”他轻描淡写地说。

他总是这样，刚刚历经生死大事，却又似乎在为此道歉。

我泪眼蒙眬，深情地吻了他。

护士正在整理他那台仪器的电线，她理解我的心情，轻轻挽起我的手臂，建议我先离开。在走廊里，她向我详细解释了手术的情况，目前不需要进行搭桥手术，医生做的是血管成形术[1]，简而言之，就是修复了主动脉。

护士警告说："我建议你密切关注他的情况。如果他再不节制饮食，后果将不堪设想。"

我透过门上的玻璃看着他的身影。他的脸色的确不如往常红润，但那双圆润的小眼睛中又重燃了我所熟悉的、一周前消失的激情。

"为什么你不在心脏第一次不舒服时就去看医生？"我问。

"在科西嘉[2]的时候吗？我们在度假，我不想让你担心。"他回答。

1　一种使狭窄的血管恢复原来形状，让供血恢复正常的微创手术。——编者注

2　法国旅游胜地，是法国最大、地中海第四大岛屿，拿破仑的故乡。——编者注

“不管怎样，你的生命才是最重要的！”我继续说。

“说实话，我感觉自己老了，似乎什么都做不了了。我试图忘记年龄，但岁月无情地降临。刚到六十岁，那让人心烦的疼痛也随之而来。这是衰老的信号，我已经感受到了，衰老是不可避免的。”

我为他的话感到悲伤，也为他对自己健康状况的隐瞒感到难过。

“我已经告诉过你，但你就是不听，衰老并非命中注定，你永远不会变成一个老头子！”我坚定地说。

“衰老一直是不期而至的，这怎么会变呢？”

“因为科学界已揭开了衰老之谜。科学是最严谨的存在！即便你对一切都持怀疑态度，科学仍旧值得你信赖。”

“你说得没错，我应当信赖科学！你不愿见到我老去吗？”他轻声问道。

我轻轻点头，他眼中闪过一丝明亮。

“因为你始终深爱着我。想到这儿我就感觉好多了。”他说。

我们相视而笑，交换了一个充满喜悦的吻。

“你知道我的座右铭——缠人的女人才是真正在爱的人。我喜欢你对我纠缠不休。”

他说着，拿起床头的笔记本和铅笔，以漫画的形式捕捉了这一刻的温馨。“你在画那个金发小姑娘……”我戏谑道。

他笑了起来：“只不过为了逗你一乐！”

他的目光落在我身上，如往昔般深情。那曾经让我心跳加速的眼神，如今充满了温柔，让我感动。我想对他说“我爱你”，但这句话被滥用至极，失去了深意、私密感和温度。我的沉默比任何语言都要清晰，心灵的交流无须借助言辞。

几个月后的一个夏日黄昏，我们坐在多维尔小镇[1]海边露台的餐桌旁，重温着在这里度过的初恋时的第一个周末。

大海依旧波涛汹涌，昏暗中，海洋似乎永不知疲倦。海浪拍打着沙滩，几顶条纹帐篷在海风中摇曳，

1 位于法国西北部的海滨度假胜地，因其海滩、赌场、赛马场和一年一次的美国电影节而闻名。——译者注

成为散步者的庇护所。天空中群星闪烁，海鸥的叫声此起彼伏，回荡于空中。

我环视四周，观察着各色情侣——真挚的，虚假的，心碎的，重归于好的，旧情复燃的……

“我们呢，我们属于哪一类？”他问。

我满怀自信地回答：“我们与众不同。绝非那些看似融为一体的情侣，因为过度的融合往往会繁衍出嫉妒与控制欲，那是病态的爱！”

“没错，我们仿佛生活在另一个维度，与其他情侣的轨迹迥异，我们编织着自己独特的故事。”他附和道。

我们的关系无须旁人的理解，我们只需沉浸在自己的故事中，每个章节都像一杯调制得恰到好处的鸡尾酒，既不失幽默，又充满爱意。

他在我的唇上轻盈地印下一吻。

“夫妻间最有力的武器，莫过于共同拥有笑对人生的勇气和力量。”